Peter Godazgar

Unter freiem Himmel

Kriminalroman

grafit

Der Autor

Peter Godazgar, Jahrgang 1967, ist in Hückelhoven (NRW) aufgewachsen. Er hat Germanistik und Geschichte studiert und dann bei der *Mitteldeutschen Zeitung* volontiert. Anschließend besuchte er die Henri-Nannen-Journalistenschule. Derzeit arbeitet er als Redakteur der *Mitteldeutschen Zeitung* in Halle an der Saale.

2005 debütierte er als Kriminalschriftsteller mit dem Roman *Unter Schweinen.*

Für Ines

Kurz vor Sonnenaufgang

Er spürt Tränen in seinen Augen. Es ist so unglaublich schön, denkt er, es ist jedes Mal ein Wunder.

Über ihm herrscht tiefe Nacht, aber am Horizont breitet sich die Ahnung eines ersten Schimmers aus. Einige Minuten später zieht sich ein hauchdünner, heller Streifen am Ende der spiegelglatten Wasserfläche entlang. Vögel kreischen.

Zeit genug, denkt er. Er wird längst auf dem See sein, um den großartigsten Moment in aller Ruhe genießen zu können: den Augenblick kurz bevor ihm die Sonne ihren ersten Lichtstrahl entgegenjagt. Er blickt nach oben. Perfekt, die Chancen stehen bestens, es ist vollkommen wolkenlos.

Auf geht's. Keine Zeit verlieren.

Er beugt sich hinab, greift einen Eimer, eine Kiste und die Angel und geht langsam den Holzsteg entlang.

Als er ein Geräusch hört, dreht er sich um, eher überrascht als erschrocken. Er nimmt ein Gesicht wahr, nur für den Bruchteil einer Sekunde, ganz nah ist es, direkt vor seinen Augen; dann spürt er einen Schlag gegen seine Nase, er taumelt zurück, lässt die Kiste und die Angel los und hofft noch, dass beides, Angel und Kiste, nicht ins Wasser fällt.

Ein zweiter Schlag trifft ihn auf dem rechten Auge und sein zweiundsiebzig Jahre alter Körper verliert das Gleichgewicht.

»Fall nicht, Opa«, sagt eine Stimme und dann sind zwei andere Stimmen zu hören. Gelächter.

Er stürzt rückwärts, den Eimer hält er immer noch fest. Er fällt auf die Holzplanken und schlägt hart mit dem Kopf auf. Er blickt in den Himmel über sich, dessen Farbe sich gerade in ein tiefdunkles Blau verwandelt.

»Opa«, sagt die Stimme wieder. »Hörst du mich noch, Opa?«

Er hat die Orientierung verloren. Er spürt, wie jemand seine Beine hochhebt und sie so verdreht, dass sein gesamter Körper der Bewegung folgt. Er landet auf dem Bauch.

»Mach nicht so einen Krach, Opa«, sagt die Stimme.

Er bekommt einen Tritt in die Seite und stöhnt auf; auf einmal bewegen sich die Holzplanken unter ihm, ein Splitter frisst sich in seine Wange – und dann sieht er Wasser unter sich.

Sein Kopf taucht unter und er schluckt Wasser, aber er taucht nicht mit dem ganzen Körper hinein. Etwas hält seine Beine fest. Jemand. Er rudert mit seinen Armen, verzweifelt und immer verzweifelter, aber es gelingt ihm nicht, seinen Kopf aus dem Wasser zu bekommen.

Mittwoch

Waldo starrte auf den 140-Euro-Schein. Er kniff die Augen zusammen und öffnete sie erst wieder, als sie schmerzten. Dann blickte er das Mädchen an, das ihm und Albert den ganzen Abend Bier gebracht hatte; es mochte Anfang zwanzig sein und ließ gelangweilt seinen Blick durch die Kneipe schweifen.

Erstaunlich, wie geduldig sie war.

Komm jetzt, Junge, ganz ruhig.

Waldo sah erneut angestrengt auf die Rechnung. Jetzt standen am Ende des Zettels wieder 280 Euro. Es war zum Irrewerden. Waldo war weniger über die enorme Summe erschüttert – auch wenn er bislang in einer Kneipe nie eine Rechnung hatte bezahlen müssen, die nur annähernd bei 280 Euro gelegen hatte; er machte sich auch keine Gedanken darüber, wie es sein konnte, dass Albert und er an diesem Abend Bier für 280 Euro getrunken haben sollten und dennoch nicht auf der Notfallstation des Uni-Klinikums oder wenigstens hier unterm Tisch lagen. Was Waldo irritierte, war die Tatsache, dass sich die Zahlen auf der Rechnung mit jedem Blick, den er auf sie warf, *änderten* – und das, obwohl es sich um einen Computerausdruck handelte. Der ausgedruckte Endbetrag wechselte von 280 Euro auf 176 Euro. Und wieder auf 280 Euro.

Okay, dachte Waldo, also doch 280 Euro. Ein Einhundertvierziger liegt auf dem Tresen. Er blickte wieder in sein Portmonee und blätterte die Scheine durch.

»280 muss ich zahlen«, murmelte er leise und mit geschlossenen Augen vor sich hin. Er fühlte sich unendlich müde, versuchte aber trotzdem, sich zu konzentrieren. »140 Euro liegen da, brauch ich erst mal noch 20 Euro« – er zog einen Zwanziger aus der Geldbörse und legte ihn neben den Einhundertvierziger – »ruhig bleiben, jetzt hab ich 160 Euro, nehm ich noch einen Fuffi« – er nahm einen Schein heraus, aber es war kein Fünfziger, sondern ein Fünfundfünfziger – »komisch, wo kommt der denn her, aber egal, hab ich jetzt 160 plus 55 sind ..., sind 215.« Er blickte auf die Rechnung.

Jetzt standen dort wieder 176 Euro!

Ich werde wahnsinnig, dachte Waldo.

Er glotzte der Bedienung in den Ausschnitt und rechnete verzweifelt: 215 Euro minus wie viel sind 176 Euro? Minus fünfzehn sind schon mal zweihundert, fehlen also noch ...

Oder soll ich sagen: Stimmt so? Aber, Mann, das wär ja ein Hammertrinkgeld, das wären ..., wie viel Euro Trinkgeld wären das denn ...?

Er kapitulierte. Ihm war schlecht.

Dann hörte er hinter sich einen Schrei. Er kam von weit her und Waldo drehte sich verwundert um, doch er konnte nicht ausmachen, woher das Geräusch kam. Aus dem gammeligen Zelt, das im Eingang der Kneipe stand, jedenfalls nicht. Waldo schüttelte den Kopf – ein selten dämlicher Platz für ein Zelt.

Erneut vernahm er aus der Ferne einen Schrei, doch die anderen Gäste in dem Lokal saßen an ihren Tischen und schienen nichts zu hören – oder jedenfalls schienen sie sich nicht an dem Schrei zu stören. Waldo drehte sich wieder der Theke zu und nahm erneut die Rechnung zur Hand.

Neben ihm gab nun Albert ein Grunzen von sich. Waldo sah nach rechts: Offensichtlich war sein Freund eingeschlafen. Kerzengerade stand er vor dem Tresen, mit geschlossenen Augen, die Arme vor der Brust verschränkt.

Wieder ein Schrei.

Und wieder ein Grunzen von Albert.

Waldo öffnete die Augen und blickte gegen die grasgrüne Zeltwand. Vogelgezwitscher.

»Wasndasfürnlärm?«, nuschelte Albert.

Waldo richtete sich auf, bis sein Schädel den Zeltstoff eindrückte; der Schlafsack knisterte. Waldo blieb still und horchte. Er hörte, wie jemand vorbeilief. Dann ertönte ein weiterer Schrei.

Neben ihm rappelte sich Albert hoch. »Sag mal, wer brüllt denn hier die ganze Zeit mitten in der Nacht rum wie 'n Bekloppter?«

»Eher wie 'ne Beklopp*te*«, sagte Waldo. »Da schreit 'ne Frau.«

Sie saßen geduckt in dem Zelt und lauschten. In der Ferne erklangen Stimmen, aber Waldo konnte kein Wort von dem verstehen, was sie sagten. Über allem lag das Zwitschern der Vögel. Ganz in der Nähe wurde ein Reißverschluss geöffnet; Waldo nahm an, dass es der Reißverschluss eines Zelteingangs war.

Mit einem Stöhnen schälte sich Albert aus seinem Schlafsack, beugte sich nach vorn und öffnete ihren eigenen Zelteingang. Er steckte seinen Kopf nach draußen.

»Morgen«, hörte Waldo Albert sagen. »Wer schreit denn hier so?«

»Kommt von da hinten, glaub ich«, antwortete eine männliche Stimme von rechts.

»Wie spät is' denn?«, fragte Albert mehr sich selbst.

Waldo tastete nach seiner Uhr, die irgendwo neben seiner Luftmatratze liegen musste. »Kurz nach sechs«, antwortete er, nachdem er sie gefunden hatte. Er hörte mehrere Menschen an dem Zelt vorbeilaufen. Anfangs hatte es Waldo erstaunt, wie deutlich die Außengeräusche in das Zelt drangen. Irgendwie hatte er angenommen, dass die dünne Plane nicht nur Blicke abwehren kann, sondern auch als Lärmschutzwand dient. Das Geschnarche, das ihm in der ersten Nacht den Schlaf geraubt hatte, hatte ihn schnell eines Besseren belehrt.

Waldo ließ sich auf seine Luftmatratze zurücksinken.

Albert krabbelte zurück in das Zelt. »Ich geh mal gucken«, sagte er und angelte nach seiner Jeans. Er zog sie im Liegen an, dann kroch er nach draußen. Jetzt war nur noch das Zwitschern der Vögel zu hören und ab und zu, weit weg, unverständliches Rufen.

Waldo schloss die Augen und zog den Schlafsack über sein Gesicht, damit es dunkler wurde. Er war hundemüde und spürte ein leichtes Pochen hinter der Stirn. Er wusste, dass er nun nicht mehr einschlafen würde, und bedauerte sich dafür, so früh aus seinem zugegebenermaßen merkwürdigen Traum gerissen worden zu sein.

Nein, besonders entspannend fand er den Urlaub bislang nicht.

Er wurde ruckartig wach, als Albert erneut in das Zelt robbte. Waldo machte die Augen erst gar nicht auf.

»Mann, das glaubst du nicht«, zischte Albert.

»Was 'n?«, nuschelte Waldo.

»Das glaubst du nicht«, wiederholte Albert mit Nachdruck.

»Hast Recht, ich glaub's nicht«, sagte Waldo lustlos.

»Da hinten haben sie 'ne Leiche gefunden!«

Waldo blinzelte und hob den Kopf leicht an. »Wo?«, fragte er blöde.

»Na, da hinten«, Albert drehte seinen Oberkörper in dem engen Zelt und zeigte in Richtung Eingang. »Am Wasser. Auf dem Holzsteg. Polizei ist da und alles.«

Waldo stützte sich auf die Ellenbogen. »Polizei?«

»Ja, so 'n kleiner Fetter und noch einer. Machen auf irre wichtig, haben aber keine Ahnung.«

Solche Charakterisierungen waren typisch für Albert. Waldo hätte sich nicht gewundert, wenn sein Freund den Polizisten schon ein paar Tipps gegeben hätte. »Na, und wer ist tot?«

»Keine Ahnung, ein Opa, der hier Urlaub gemacht hat.«

»Ach du Scheiße.« Waldo blickte dumpf vor sich hin. Eine Weile war nur das Gezwitscher der Vögel zu hören.

»Ich geh wieder zurück«, sagte Albert dann.

»Komm, nun mach mal halblang. Was willste da denn jetzt rumstehen und blöd gaffen?«

»Keine Bange, nur gucken«, beschwichtigte Albert, während er aus dem Zelt krabbelte.

Waldo machte es sich mit einem Stöhnen wieder auf der Luftmatratze bequem. »Bring Brötchen mit«, sagte er leise und zog sich den Schlafsack übers Gesicht.

Aber nun war er wach. Eine Leiche, na prima, auch das noch. Vermutlich erwürgt vom wahnsinnigen Campingplatzmörder, der hier oben schon seit Jahren sein Unwesen treibt. Wahrscheinlich der merkwürdige Typ, der hinten in der äußersten Ecke des Platzes in diesem schmuddeligen roten Zelt haust – in eben jenem Zelt, von dem ich inzwischen schon träume, dachte Waldo. Klasse Urlaub.

Waldo blieb noch ein paar Minuten liegen. Dann fischte er sich die beiden Strümpfe, die er gestern Abend ausgezogen hatte, schnüffelte daran und entschied, dass sie für einen weiteren Tag reichen würden. Er rutschte aus seinem Schlafsack, streifte die Strümpfe über, zog eine Jogginghose an und kroch aus dem Zelt. Er blickte an sich herab. Keine Woche unter freiem Himmel und ich seh aus wie der letzte Asi, dachte er.

Die Luft war frisch und es war fast windstill. Der Duft von Nadelbäumen ließ Waldo ein paarmal tief ein- und ausatmen. Er streckte sich. Sein Rücken schmerzte und er beneidete zum wiederholten Mal Albert um dessen Nachtlager. »Beste Luftmatratze von Welt«, hatte Albert gesagt, als sich Waldo über das flache Ding lustig gemacht hatte. Tatsächlich hatte sein Freund dieses eine Mal nicht übertrieben. Waldo war außerordentlich überrascht gewesen, als er sich auf das Teil gelegt hatte. Überhaupt kein Vergleich zu seiner eigenen Luftmatratze mit den drei Kammern, von denen die mittlere die Luft nicht mehr halten konnte, sodass Waldo sie allabendlich aufblasen musste, nur um am nächsten Morgen mit dem Gefühl aufzuwachen, auf ein paar Maulwurfshügeln genächtigt zu haben. »Wir können ja tauschen«, hatte Waldo gesagt, »einen Tag kriegst du das Ding, einen Tag ich«, aber Albert hatte den Vorschlag nicht mal ignoriert.

Noch mehr vermisste Waldo sein Kopfkissen. In der ersten Nacht – das war vor vier Tagen gewesen – hatte er sich im Schlaf den Nacken verrenkt und seitdem konnte er den Hals nur unter Schmerzen drehen. Abend für Abend rollte er seine beiden Pullover zusammen, aber das war ein allzu notdürftiger Ersatz.

Waldo beugte sich in das Zelt hinein, nahm ein Handtuch und stapfte in Richtung Waschhaus. Er bedauerte, sich aufs Zelten eingelassen zu haben. Annettes Versuchen, ihn zum Campen zu überreden, hatte er schließlich stets erfolgreich widerstanden.

Annette.

Wie jedes Mal, wenn er sich dem roten Backsteinhäuschen mit dem Schild *Sanitärgebäude 3* näherte, fragte sich Waldo, was der Hinweis *Chemieentsorgung ist im Waschhaus verboten!* neben der Tür zu bedeuten hatte. Bevor er den Eingang zu der roten Baracke aufdrückte, schielte er in Richtung Wasser. Zwischen Bäumen und Sträuchern konnte er eine Menschengruppe ausmachen, die vor und auf dem Holzsteg stand; auf dem Platz neben dem Schuppen, in dem sich die Anmeldung befand, parkte ein Polizeiwagen. Zwei Jugendliche gingen mit schnellen Schritten an Waldo vorbei in Richtung Holzsteg. Gaffer, dachte Waldo verächtlich.

Er betrat eine der Toiletten und legte den Riegel vor. Immerhin – und das war für ihn eine ganz entscheidende Erkenntnis gewesen, die ihn gehindert hatte, gleich am zweiten Tag darauf zu bestehen, in ein Hotel oder eine Pension zu wechseln –, immerhin waren die Toiletten sauber. Überraschend sauber, fand Waldo. »Camper *sind* sauber«, hatte Albert ihm als Erklärung angeboten.

Waldo hörte, wie die Tür zum Waschhaus aufging, dann Schritte, irgendwas wurde abgestellt, anschließend drehte jemand den Wasserhahn auf. Heftiges Schnauben durch die Nase. Im nächsten Moment sammelte der Unbekannte geräuschvoll Spucke und rotzte sie ins Waschbecken. Waldo saß still. Eine elektrische Zahnbürste ging an, danach waren erneut Spuckgeräusche zu hören.

Wenig später fiel die Tür des Waschhauses wieder ins Schloss. Waldo trat aus der Toilette und an eines der Waschbecken. Er stellte fest, dass er sein Waschzeug vergessen hatte – auch so etwas, was in einem Hotel oder in einer Pension nicht passieren konnte. Waldo formte seine Hände zu einer Schale und spritzte sich eiskaltes Wasser ins Gesicht. Er trocknete sich ab und wollte gerade das Häuschen verlassen – da sah er *sie.* Eine Mischung aus Wut und Mordlust stieg in ihm hoch. Er legte sein Handtuch neben das Waschbecken und trat einen Schritt auf die Wand zu. Er hob die Hand. Sie wiegt sich in völliger Sicherheit, dachte er – dann klatschte er seine Hand gegen die Wand. Als er sie wieder wegnahm, war dort, wo eben noch die Mücke gesessen hatte, ein roter Fleck auf dem Stein. Ein ungemein tiefes Gefühl der Befriedigung erfüllte Waldo.

»Nimm das, Schuft«, sagte er. »Hängst voll gefressen an der Wand, voll gesaugt mit dem Blut unschuldiger Menschen und bist unfähig, dich vom Fleck zu bewegen, das hast du davon. Miststück, Mistvieh, Sausack …«

Waldo erschrak. Im Spiegel erkannte er einen Mann, der schräg hinter ihm stand und ihn mit halb offenem Mund anstarrte.

»Morgen«, grüßte Waldo. »Hab eine Mücke erlegt. Am besten, wir lassen den Kadaver da hängen. Als abschreckendes Beispiel.«

Der Mann nickte und versuchte ein Lächeln, das ihm allerdings ziemlich misslang.

Waldo verließ das Waschhaus, lief zu seinem Auto, öffnete den Kofferraum und kramte in seinem Rucksack. Wo Albert bloß blieb? Waldo zog ein blaues T-Shirt aus den

Untiefen seines Gepäcks und schlug die Kofferraumklappe zu. Sein Blick fiel auf die anderen Zelte, allesamt beneidenswert geräumige Unterkünfte, die meisten sogar mit Vorzelt; in einigen von ihnen dürfte er fast stehen können, schätzte Waldo. Dagegen sah Alberts grünes Minizelt wie ein Kinderspielzeug aus.

»Das ist ein Zwei-bis-drei-Mann-Zelt, Kollege« – noch so eine von Alberts wahnwitzigen Übertreibungen. Nachdem sie das rundliche grüne Ding am ersten Abend aufgebaut hatten, fand Waldo, dass es allenfalls für eine Person Platz bot.

»Und wo pennst du?«, hatte er Albert gefragt, und weil dieser nicht reagierte, war er deutlicher geworden. »Jetzt mal im Ernst, da passen wir doch nie zu zweit rein. Oder willst du *auf* mir liegen?«

»Da haben wir schon zu dritt dringelegen«, hatte Albert geantwortet.

»Du und deine beiden Flöhe, oder was?«

»Idiot.«

»Und wo tun wir unsere Rucksäcke hin?«

»Da haben wir zu dritt dringelegen *mit* Rucksäcken.«

»Gestapelt wahrscheinlich. Und die Rucksäcke?«

»Mann, du hast ja wirklich keine Ahnung. Die kommen in die Apsis!«

»Wohin?«

»In die Apsis.« Albert hatte die geöffnete Zeltspitze gepackt und das grüne Material hin- und hergeschüttelt, dass es raschelte.

»Das Ding nennt man Apsis? Ich dachte, das ist der Platz, wo man Salz- und Pfefferstreuer aufbewahren kann. Und wenn's regnet?«

»Das ist doch alles wasserdicht.«

Waldo guckte grimmig. »Ich packe meinen Rucksack ins Auto«, entschied er dann.

Als sie schließlich Probe lagen, fragte Waldo: »Und jetzt erklär mir mal, wo hier noch ein Dritter liegen soll.«

»Welcher Dritte?«, fragte Albert zurück.

Waldo hatte sich gestreckt und mit Kopf und Füßen die jeweiligen Enden des Zeltes berührt. Er hatte sich ausgemalt, wie Albert nachts im Schlaf an ihn heranrutschen würde, und er hatte den Gedanken daran nicht gerade prickelnd gefunden.

Waldo saß mit nacktem Oberkörper auf seiner Luftmatratze und kratzte missmutig an seinen neuen Mückenstichen herum, die er an den Armen entdeckt hatte, als draußen jemand seinen Namen rief.

»Herr Waldo?«

Waldo erschrak. »Ja?«

»Herr Waldo?«, fragte die Stimme noch einmal.

»Moment.« Waldo zog sich schnell das T-Shirt über, kroch rückwärts aus dem Zelt, an Alberts Rucksack vorbei, und richtete sich auf.

»Sind Sie Herr Waldo?« Ein dicker Mann hielt Waldo die Hand hin.

Der schüttelte sie und bejahte. Er erinnerte sich, den Mann bei ihrer Ankunft in der Rezeption gesehen zu haben.

»Moin, Moin, ich bin hier der Chef, mir gehört der Campingplatz, Werner, mein Name, Klaus Werner.« Es war unüberhörbar, dass der Mann nicht an der Küste groß geworden war; er sprach mit ausgeprägtem sächsischem Dialekt. »Der Albert sagt, Sie seien ein bekannter Detektiv.«

»Was?« Waldo war irritiert. Er blickte in Richtung Wasser in der vagen Hoffnung, Albert irgendwo zu erblicken. »Na ja, bekannt …«

»Ja, er sagte, Sie seien so was wie der Sherlock Holmes von Halle.«

Waldos Kinnlade klappte nach unten. Sherlock Holmes von Halle? Das war doch nicht zu fassen.

»Es geht um den …, ähm, um den Todesfall, den es heute hier gegeben hat«, fuhr Werner fort. »Das ist natürlich schlecht für uns. Sagt auch Albert. Schlecht fürs Geschäft. Ich meine, wenn sich herumspricht, dass man bei uns seines Lebens nicht mehr sicher ist …«

»Schon klar«, sagte Waldo zerstreut. Er beobachtete, wie Albert aus dem Waschhaus trat und an seinem Reißverschluss herumfummelte.

»Albert meinte, es wäre vielleicht gut, wenn Sie sich die Sache mal angucken würden«, fuhr Werner fort.

»Hallöchen«, sang Albert, als er an die beiden herantrat.

Werner nickte.

»Guten Morgen, Watson«, sagte Waldo und verschränkte demonstrativ die Arme vor der Brust.

»Na? Seid ihr schon handelseinig geworden?«, fragte Albert und strahlte über das ganze Gesicht.

»Spinnst du?!«, fauchte Waldo, nachdem Werner verschwunden war. »Was erzählst du denn hier für einen Scheiß von wegen, ich sei der Sherlock Holmes von Halle?«

»Biste das denn nicht?« Albert grinste breit.

»Was soll ich denn hier ermitteln?«

»Na, den Mord aufklären! Ist doch prima: Du machst Urlaub und verdienst nebenbei auch noch ein bisschen Kohle.«

Waldo schnappte nach Luft. »Sag mal, bist du meine Mutti? Vielleicht kann ich selbst entscheiden, welche Aufträge ich annehme und welche nicht! Ich hab Urlaub. Außerdem kenne ich hier doch niemanden. Wie soll ich da ermitteln? Und ich weiß nichts über den Toten.«

Albert verzog beleidigt das Gesicht. »Entschuldige bitte, dass ich dir einen neuen Auftrag verschafft habe.«

»Darum geht's doch gar nicht, aber du kannst doch nicht hier rumlaufen und irgendeinen Quatsch erzählen.«

Albert hatte ihn völlig überrumpelt. Waldo hatte dagestanden, während sein Freund mit Klaus Werner, dem Campingplatzchef, die Details besprach. Albert hatte erklärt, dass Waldo für hundert Euro pro Tag plus freie Unterkunft auf dem Zeltplatz den Fall mit hundertprozentiger Sicherheit in kürzester Zeit aufklären würde. »Das ist eine Frage von Stunden; du kannst die Sache quasi als im Sacke befindlich betrachten«, hatte er gesagt und jovial gegackert. Danach hatte Albert Werner noch ein paar Fragen gestellt; so hatten sie immerhin erfahren, dass der Tote ein allein stehender Dauercamper gewesen war, der hier seit Jahr und Tag von Frühling bis Herbst lebte. Waldo hatte staunend daneben gestanden und fassungslos mit angesehen, wie sich Albert und Werner schließlich die Hand gaben.

Zwei alte Männer traten auf Waldo und Albert zu und grüßten.

»Morgen, Herr Mährlein, Morgen, Herr Prinz«, sagte Albert, nun wieder fröhlich.

Waldo rang sich ein Lächeln ab und nickte den beiden zu.

»Na, der Tag fängt ja gar nicht gut an«, sagte Prinz.

»Furchtbar«, ergänzte Mährlein. »Ganz furchtbar.«

»Für mich sieht das ziemlich eindeutig nach einem Racheakt aus«, stellte Albert fest.

Waldo sah sich bestätigt, dass sein Kumpel schon eine bis ins Letzte ausgefeilte Theorie hatte.

»Wer ermordet denn einen alten Mann auf so grausame Weise?«, fragte Mährlein kopfschüttelnd.

Sie blickten schweigend in Richtung Wasser. Zwischen den Bäumen waren die beiden Polizeibeamten in Uniform zu erkennen. Gerade schaukelte ein weiterer Polizeiwagen über das Gelände und näherte sich dem Wasser.

»Kaffee?«, fragte Mährlein.

Eine Viertelstunde später saßen Waldo, Albert und Rüdiger Prinz auf weißen Combibloc-Stühlen unter dem Vorzelt von Hans Mährleins modernem Campingwagen und tranken Kaffee aus großen Tassen. Albert hatte frische Brötchen gekauft, Mährlein und Prinz steuerten Wurst, Käse und Marmelade bei. Gerade kam Hans Mährlein mit vier weich gekochten Eiern aus seinem Wagen und verteilte sie auf die Plastikeierbecher.

Albert hatte bereits am Tag ihrer Ankunft Freundschaft mit Rüdiger Prinz geschlossen, was zum einen Alberts unbegrenzter Kontaktfreudigkeit, zum Zweiten aber auch der Tatsache geschuldet war, dass Prinz Alberts Leidenschaft fürs Angeln teilte.

Rüdiger Prinz und Hans Mährlein waren beide achtundsechzig Jahre alt und verbrachten wie der Tote als Dauercamper den größten Teil des Jahres auf dem Campingplatz. Am zweiten Abend nach Waldos und Alberts Anreise hatten sie zu viert vor Mährleins Wagen gesessen, gegrillt und zwei Fünfliterfässchen Hasseröder Pils geleert. Mährlein und Prinz kannten sich seit der Grundschule, aber noch vor dem Mauerbau war Prinz mit seinen Eltern in den Westen gegangen, nach Hamburg, sodass sie sich für Jahrzehnte aus den Augen verloren hatten. Ein paar Jahre nach der Wende hatten sie sich zufällig auf diesem Campingplatz wieder getroffen.

Seit diesem Abend wussten die Rentner, dass Waldo in Halle als Privatermittler sein Geld verdiente – nicht von Waldo, versteht sich.

Auch Mährlein und Prinz hatten den Tatort in aller Frühe in Augenschein genommen. Nun grinsten die beiden viel sagend, als Albert ihnen berichtete, dass Waldo den Fall auf seine, Alberts, Vermittlung hin übernommen habe.

»Das ist ja keine schöne Vorstellung, auf einem Campingplatz zu wohnen, wo andere Leute umgebracht werden«, sagte Prinz.

»Hat heute schon jemand den komischen Vogel gesehen? Würde mich nicht wundern, wenn der was mit der Sache zu tun hat«, sagte Albert und drehte seinen Kopf in die Richtung, wo sein eigenes Zelt stand. Ein Stück weiter war gerade noch das rote Zelt zu erkennen. Das heißt, richtig rot war die Plane nicht mehr. Zeit, Sonne und Regen hatten den Stoff ausgewaschen und gebleicht.

Waldo, Prinz und Mährlein folgten Alberts Blick. »Seltsamer Typ«, bestätigte Mährlein.

Meistens öffnete sich der Zelteingang erst gegen Mittag und heraus kroch ein hünenhafter Mann mit Vollbart, der dann für eine halbe Stunde im Waschhaus verschwand, anschließend einen kleinen Rucksack packte und den Campingplatz zu Fuß verließ. Irgendwann mitten in der Nacht kehrte er zurück – völlig betrunken: Zweimal waren Waldo und Albert von Gebrüll wach geworden. Als sie aus ihrem Zelt gelugt hatten, war der Riese um seine rote Behausung gestapft und hatte mehrfach: »Die Sau! Diese alte Sau!«, gerufen.

Der Lärm des frühen Morgens hatte den seltsamen Bewohner offenbar nicht geweckt, jedenfalls war der Zelteingang noch verschlossen.

Mit den Worten: »Na, dann mach ich mich mal los«, stemmte sich Waldo schließlich aus seinem Stuhl und machte sich auf den Weg zur Rezeption.

Sollte er einfach zu diesem Werner gehen und ihm sagen, dass er den Fall doch nicht übernehmen würde? Immerhin hatte er nichts unterschrieben. Andererseits – er könnte ja wenigstens mal anfangen.

Waldo verfluchte sich zum wiederholten Mal dafür, Alberts Angebot angenommen zu haben. »Komm, wir machen uns ein paar schöne Tage auf dem Darß«, hatte er gesagt und dabei genau gewusst, dass die Ostsee Waldos liebstes Reiseziel war, seit er vor acht Jahren von Köln nach Halle gezogen war. Nachdem Waldo und Annette sich getrennt hatten, war er allerdings nicht mehr hier oben gewesen. Und als er sich mit Albert auf den Weg gemacht hatte, war ein ungutes Gefühl in ihm hochgestiegen – ein Gefühl, das ihn nicht getrogen hatte, denn seit er hier war, erinnerte er sich immer wieder an Urlaube, die er mit Annette in dieser Gegend verbracht hatte.

Die Ostsee, das war ihrer beider Sehnsuchtsort.

Als Waldo die Klinke des Häuschens drückte, in dem sich die Anmeldung befand, passierte erneut ein Polizeifahrzeug die geöffnete Schranke.

Die Luft in der Rezeption war abgestanden; trotz des schönen Wetters stand kein Fenster offen. Hinter dem Tresen wartete ein junges, attraktives Mädchen auf Kundschaft.

»Hallo«, sagte Waldo. »Ich suche Herrn Werner.«

Das Mädchen drehte sich um und rief durch eine Tür: »Papa!«

Ein Stuhl scharrte über den Boden, dann erschien Klaus Werner in der Tür.

»Kann ich Sie kurz sprechen?«, fragte Waldo und Werner bedeutete ihm, in den Raum zu kommen.

»Ich muss nochmal ein paar Fragen stellen«, begann Waldo, nachdem Werner die Tür geschlossen und sich ebenfalls gesetzt hatte. »Das ging eben alles ein bisschen hopplahopp.«

Klaus Werner schwieg.

»Der Tote …«

»Herr Löblich.«

»Ja. Wissen Sie da etwas mehr als nur den Namen und dass er ein Dauergast ist? War?«, verbesserte sich Waldo.

»Eigentlich nicht. Das war ein netter, ruhiger Mann, ganz unauffällig. Hat immer seinen Campingwagen gepflegt und den Bereich drum herum.«

»Seit wann war er denn Gast hier?«

»Seit Jahren«, sagte Werner. »Seit Jahrzehnten sogar, glaub ich. Der war schon da, als ich den Laden übernahm. Egon Löblich gehörte sozusagen zum Inventar. Er ist Frührentner. Er war Frührentner.«

»Und er lebte immer allein?«

»Ja.«

»Bekam er nicht manchmal Besuch? Wissen Sie was über seine Familie?«

»Ich glaube, es gibt ein Kind oder zwei, aber zu denen hatte er keinen Kontakt mehr. Das hat er mal meiner Frau erzählt, aber sonst war er sehr still. Er hat sich eigentlich auch nie groß beteiligt, wenn wir was im Kollektiv gemacht haben. Gemeinsame Feste und so.«

Waldo blickte aus dem Fenster, das ebenfalls geschlossen war. »Ist so was schon mal passiert?«

»Was soll denn das heißen?«, fragte Werner und Argwohn lag in seiner Stimme.

»Ich meine, gab es irgendwann schon mal einen Mord? Nicht unbedingt hier auf dem Campingplatz. Sondern vielleicht in der Nähe?«

»Kann mich nicht erinnern«, sagte Werner. »Auf dem Campingplatz gab es jedenfalls noch nie so einen ...«, Werner suchte nach dem richtigen Wort und entschied sich schließlich: »... Zwischenfall.«

Waldo überlegte. Dann fiel ihm ein: »Ist eigentlich was gestohlen worden? Aus Herrn Löblichs Wohnwagen oder so?«

»Keine Ahnung.«

»Wissen Sie denn, ob Herr Löblich wohlhabend war?«

»Wohlhabend?«

»Na, ob er viel Geld hatte.«

Werner zögerte. »Sein Wohnwagen sieht jedenfalls nicht danach aus«, meinte er dann.

»Können Sie mir noch sagen, wo Löblichs Wohnwagen steht?«, fragte Waldo.

Werner hatte Recht. Egon Löblichs Wohnwagen war zwar tadellos gepflegt, hatte aber augenscheinlich schon einige Jahre auf dem Buckel. Waldo blickte durch die Fensterscheiben. Auch drinnen sah es sehr aufgeräumt aus, aber die Einrichtung wirkte eher schlicht. Geld, das war die erste Idee gewesen, die Waldo eingefallen war. Warum sonst sollte man einen allein stehenden, alten, offenbar friedfertigen Mann umbringen?

Waldo beobachtete, wie Albert und Rüdiger Prinz in einiger Entfernung mit ihrem Angelzeug über die Betonplatten in Richtung Bodden spazierten. Na prima, seinen Kumpel würde er erst heute Abend wieder zu Gesicht bekommen. Das war ein weiterer Punkt, der ihm an ihrem ›gemeinsamen‹ Urlaub missfiel: Schon als Albert sein Angelzeug auf der Rückbank von Waldos altem Fiesta verstaut hatte, war Waldo der Verdacht gekommen, dass sein Freund bloß eine günstige Mitfahrgelegenheit zur Ostsee gesucht hatte. Seit sie hier oben waren, war Waldo dann auch mehr oder weniger auf sich allein gestellt. Albert verbrachte die meiste Zeit des Tages irgendwo am Bodden oder auf einer Seebrücke und hielt eine seiner Angeln ins Wasser. Wieso er allerdings gleich drei von den Dingern hatte mitnehmen müssen, hatte ihm Albert noch nicht schlüssig erklären können. Einen Fisch hatte er jedenfalls bislang mit keiner einzigen gefangen.

Waldo schlenderte zum Wasser, wo inzwischen auch ein Leichenwagen stand. Auf dem Holzsteg waren zwei Männer in weißen Overalls offenbar damit beschäftigt, Spuren zu sichern. Die beiden Polizisten, die als Erste am Tatort eingetroffen waren – der eine war tatsächlich ziemlich fett –, standen innerhalb der Absperrung, die gezogen worden war, und beschränkten sich darauf, wichtig zu gucken.

Waldo trat an das Duo heran. Noch bevor er das Flatterband erreicht hatte, hob der Dicke die Hand und sagte: »Halt, hier können Sie nicht durch.«

»Will ich ja auch gar nicht«, sagte Waldo beschwichtigend und zückte seinen Ausweis, um die Beamten ruhig zu stellen.

Die beiden starrten ein paar Sekunden auf das Dokument, dann fragte der Dicke: »Und was wollen Sie hier?«

»Och, mich mal umgucken.«

»Umgucken?«

»Ja, umgucken.«

»Na, dann gucken Sie sich mal um. Solange Sie vor der Absperrung bleiben, können Sie sich hier bis zum Sankt-Nimmerleins-Tag umgucken.« Der Dicke lächelte süffisant, sein Kollege glotzte nur.

»Kann ich vielleicht auch mit jemandem von der Kripo sprechen? Das da hinten sind doch Kripoleute, oder?« Waldo zeigte auf zwei Männer in Zivil, die am Ende des Holzstegs standen und, ins Gespräch miteinander vertieft, auf den Bodden hinausblickten.

»Die haben zu tun.«

Was für ein Arschloch, dachte Waldo. »Hören Sie, der Campingplatzchef hat mich beauftragt, den Fall zu untersuchen. Ich wäre Ihnen dankbar, wenn Sie mich nicht mehr als unbedingt nötig behindern würden.« Waldo bereute im selben Moment, was er gesagt hatte. Es war nicht davon auszugehen, dass der Dicke sich einschüchtern ließ.

»Der Campingplatzchef?«, fragte der Dicke. »Klaus?«

Waldo brummte. Der Dicke guckte seinen Kollegen an, der Kollege glotzte weiter.

Waldo machte eine wegwerfende Handbewegung. »Ach, machen Sie doch, was Sie wollen.«

Er spazierte an der Absperrung entlang auf ein Grüppchen von drei Männern zu, die ihn beobachtet hatten.

»Tagchen«, sagte Waldo, als er sie erreicht hatte. »Kann man jetzt noch hier bleiben oder finden wir morgen die nächste Leiche?«

»Das Vöglein singt wohl nicht«, sagte einer aus der Gruppe und grinste.

»Das Vöglein?«, fragte Waldo.

»Dieter Vogel, der dicke Bulle.«

»Ach so, nee, der singt nicht, der blökt nur.«

Die Männer lachten. Vogel und sein Partner blickten finster herüber. Vogel sagte irgendwas und Waldo nahm nicht an, dass es etwas Freundliches war.

»Was ist denn eigentlich passiert?«, fragte Waldo.

»Meine Frau hat den alten Löblich heute früh in seinem Boot gefunden«, antwortete ein zweiter Mann und zeigte auf ein kleines Holzboot, das zwanzig Meter weiter am Strand lag.

»Ihre Frau?«

»Ja, sie liegt im Wohnwagen und zittert.«

Erst jetzt registrierte Waldo, dass zwei der drei Männer geöffnete Bierbüchsen in den Händen hielten. Aber es war ja inzwischen auch schon nach neun.

»Löblich lag also tot im Boot?«

»Tot im Boot!« Der Dritte lachte meckernd. »Das klingt gut.« Alle drei Männer sprachen mit deutlichem norddeutschem Dialekt.

»Tot im Boot«, wiederholte der Zweite. »Mit eingeschlagenem Schädel.«

Waldo sah wieder zu den beiden Polizisten. Jetzt stand nur noch der dünnere von beiden da. Vogel marschierte über die Betonplatten in Richtung Ausgang des Campingplatzes.

»Mit eingeschlagenem Schädel.« Der Erste nahm einen Schluck aus seiner Bierdose. »Und mit reichlich Wasser im Bauch.«

»Offenbar ist er in seinem Boot ertrunken«, sagte der Dritte und erneut begann das Trio zu lachen. Nummer eins und drei tranken mit tiefen Schlucken ihre Büchsen leer.

Noch mehr Idioten, dachte Waldo, zwang sich aber trotzdem ein Grinsen ab. Ein alter Mann ertrinkt mit eingeschlagenem Schädel in seinem Boot? Der oder die Täter hatten sich jedenfalls keine Mühe gegeben, ihre Tat zu verbergen. Wofür sprach das? Für eine Tat im Affekt? Eine zufällige Begegnung, die tragisch endete, warum auch immer?

Waldo musterte die Kriminalbeamten, die jetzt den Steg entlangkamen. Bei den beiden Männern, die immer noch damit beschäftigt waren, Spuren zu sichern, blieben sie kurz stehen und wechselten ein paar Worte mit ihnen. Dann traten sie vom Steg auf den Strand und liefen auf die Absperrung zu.

Waldo löste sich von dem Trio und ging auf die Kripoleute zu. Er schätzte, dass keiner der beiden älter als fünfunddreißig war. »Moin, Moin«, sagte er forsch. »Der Mann ist in seinem Boot ertrunken?«

Die Kriminalbeamten blickten sich kurz an, dann sagte der linke: »Wer erzählt denn so einen Quatsch?«

»Sind wir hier noch sicher?«

»Da machen Sie sich mal keine Sorgen.«

»Was ist denn passiert?«

»Der Tote wurde offenbar unter Wasser gedrückt, wieder herausgezogen und ins Boot gelegt.«

»Das klingt aber nicht so, als müssten wir uns keine Sorgen machen.«

»So meinte ich das nicht. Aber wir denken nicht, dass sich hier ein Wahnsinniger rumtreibt, der wahllos Urlauber umbringt.«

Waldo dachte an den komischen Kauz aus dem roten Zelt: Zumindest gab es einen auf dem Campingplatz, der sich nicht gerade normal verhielt.

»Sondern? Was denken Sie?«

»Entschuldigen Sie, aber leider haben wir den Täter noch nicht.« Der Kriminalbeamte wurde ungeduldig. »Unverschämterweise hat er keine Visitenkarte dagelassen.«

Waldo versuchte, so unglücklich und ängstlich wie möglich zu wirken; in den Augenwinkeln bemerkte er, dass das Trio langsam näher kam.

»Wie gesagt, machen Sie sich nicht verrückt«, sagte der zweite Beamte in beruhigendem Tonfall. »Sobald wir was rauskriegen, erfährt es der Chef hier und der sagt es Ihnen dann. Wir wollen ja nicht, dass sich jetzt alle Gäste vom Acker machen.« Damit beugten er und sein Kollege sich unter dem Absperrband durch und ließen Waldo stehen.

»Und?«, fragte der Dritte des Trios, als es Waldo erreicht hatte.

Waldo blickte sie ernst an. »Sie vermuten, es ist die Tat eines Wahnsinnigen.«

Die drei Männer versuchten ein Grinsen, aber es gelang ihnen nicht.

Auf dem Rückweg kam Waldo an Mährleins Wohnwagen vorbei. Der Besitzer lag vor dem Vorzelt in einem Liegestuhl und schmökerte in einer backsteindicken Bismarck-Biografie.

Waldo berichtete das Wenige, das er erfahren hatte, und spazierte dann die restlichen Meter bis zu Alberts Zelt. Unschlüssig blieb er davor stehen. Schließlich kroch er hinein, um den Autoschlüssel zu suchen.

Als er wieder herauskrabbelte, kam Klaus Werner angedackelt. Mit etwas zerknirschtem Gesichtsausdruck stoppte der Campingplatzchef vor Waldo und druckste ein wenig herum, bis er sagte: »Ich würde meinen Auftrag gerne wieder zurückziehen.«

»Aha«, sagte Waldo. »Ich hab aber schon rausgekriegt, wer der Täter ist.«

»Was?« Werner glotzte Waldo an. »Wer denn?«

»Kleiner Scherz.«

Werner lächelte gequält. »Na ja, wie gesagt, Sie brauchen nicht mehr zu ermitteln.«

»Okay. Und wie kommen Sie zu dem plötzlichen Meinungswechsel?«, fragte Waldo, obwohl er die Antwort wusste.

»Na ja«, begann Werner und ließ ein paar Ähs und Öhs folgen. »Die Polizei, also der Herr Vogel meinte, er und seine Leute bekämen das selbst ganz gut in den Griff.«

Sehr diplomatisch ausgedrückt, dachte Waldo. Er vermutete stark, dass Vogels Wortwahl eine andere gewesen war. Ungefähr diese: »Sag mal, Werner, spinnst du jetzt eigentlich komplett, du hirnverbrannter Idiot, was beauftragst du Hornochse denn einen wildfremden Blödmann damit, unseren Job zu erledigen, hältst du uns für völlig bescheuert, du gehst jetzt sofort zu dem Knilch und sagst ihm, dass er seinen Urlaub weiter genießen soll, und außerdem: Was hättest du dem denn eigentlich gezahlt …«

»Mmh«, machte Waldo. »Hat die Polizei schon eine Spur?«

»Weiß nicht. Nein.« Werner blickte interessiert auf seine Adiletten.

Waldo überlegte einen Moment, ob er Werner eine kleine Anzahlung aus dem Kreuz leiern sollte, von wegen mündlicher Vereinbarung und bereits geleisteter Arbeit und so, aber er ließ es sein. Er war nicht sonderlich traurig darüber, gerade Opfer des am schnellsten stornierten Auftrags in der Geschichte der Privatermittler geworden zu sein. Werner hatte sich ohnehin nur von Albert bequatschen lassen – und im Grunde war die Sache bei der Polizei ja wirklich in den richtigen Händen.

Werner wandte sich gerade zum Gehen, als Waldo fragte: »Da fällt mir ein: Der Typ da hinten in dem kleinen roten Zelt. Was ist das eigentlich für einer? Der hat neulich nachts mal einen ziemlichen Radau veranstaltet.«

»Ach, der ...« Werner verdrehte die Augen. »Den kenne ich auch nicht. Der ist seit knapp zwei Wochen hier. Letzte Woche haben sich schon welche beschwert. Ich bin dann mal hin zu ihm, aber er hat abgestritten, rumgegrölt zu haben. Und solange er brav zahlt ...« Werner zuckte mit den Schultern.

Sie blickten beide zu dem roten Zelt, das immer noch vollkommen ruhig dalag.

»Wenn der wieder Krach schlägt, geben Sie mir Bescheid«, sagte Werner und marschierte zur Rezeption zurück.

Waldo machte sich erneut auf den Weg zu Hans Mährleins Behausung. Er genoss die frische Luft und atmete tief ein und aus.

Der Campingplatz war zweigeteilt: in einen Bereich, in dem Wohnwagen standen, und in einen Bereich für die Zelte. Obwohl der Platz schon jetzt, eine halbe Woche vor Pfingsten, gut gefüllt war, war es an diesem Morgen sehr still. Ob es der Tote war, der die Stimmung dämpfte, oder ob das schöne Wetter die Zeltplatzbewohner träge machte, vermochte Waldo nicht zu sagen. Er spazierte über die großen Betonplatten und zählte dabei unwillkürlich mit. Außerdem versuchte er, möglichst die Fugen und damit zwei Platten gleichzeitig zu betreten.

Waldos Hang zu geraden Zahlen hatte sich in den vergangenen Wochen und Monaten verstärkt. Auch sonst, gestand er sich selbst ein, beherrschten ihn seine Macken immer mehr, obwohl er versuchte, sie in den Griff zu bekommen – so gut es eben ging. Am Vorabend ihrer Abfahrt hatte er in seiner Wohnung in Halle gehockt und jede einzelne CD-Hülle aus seiner umfangreichen Sammlung geöffnet; die jeweilige CD hatte er dann so lange in der Halterung gedreht, bis die Aufschrift waagerecht zu lesen war. Je länger er damit beschäftigt gewesen war, umso mehr Probleme hatte ihm die Sache bereitet. Immer umständlicher versuchte er, die optimale Position zu erreichen. Besonders lange fummelte er an den CDs rum, bei deren Halterung einige Zähne herausgebrochen waren, sodass die kleinen Scheiben nicht mehr festsaßen und sich beim Schließen der Hülle leicht verschoben. Immer wieder und immer verzweifelter hatte er die Hüllen geöffnet, die CDs ausgerichtet, die Hüllen geschlossen – und die Prozedur von Neuem begonnen.

Bei Eric Claptons Unplugged-Album stand er vor einem weiteren, noch ernsthafteren Problem, denn die CD war kreisförmig beschriftet. Waldo hatte die Silberscheibe hin- und hergedreht, aber keine befriedigende Position gefunden – sollte er den Titel des ersten Songs nach oben drehen? Aber dann standen Künstlername und CD-Titel auf dem Kopf. Drehte er Künstler- und CD-Namen nach oben, befanden sich die Copyrightangaben nicht in der Mitte. Waldo konnte die CD drehen, wie er wollte – das Ergebnis befriedigte ihn nie.

Eine noch größere Krise hatte ihn überfallen, als er, beim Buchstaben L angelangt, eine Lambchop-CD-Verpackung öffnete – und die Scheibe gar nicht in der Hülle war. Irritiert sah er zunächst im CD-Spieler im Wohnzimmer nach, dann im kleineren Abspielgerät in der Küche. Er versuchte, sich zu erinnern, wann er die Scheibe zuletzt gehört hatte, wurde immer unruhiger, musste die Suche aber dennoch nach fast einer Stunde erfolglos abbrechen.

Es war fast halb zwei in der Nacht gewesen, als er erschöpft die letzte CD-Hülle geschlossen hatte.

Waldo war noch etwa fünfzig Meter von Mährleins Wohnwagen entfernt, als er einen Mann sah. Er stand vor Mährlein, der immer noch auf seiner Liege lag, und redete auf ihn ein. Waldo verlangsamte seinen Schritt, um nicht zu stören. Den Mann hatte er hier noch nie gesehen. Jetzt begann der Typ zu gestikulieren und Mährlein machte eine abweisende Handbewegung. Daraufhin drehte sich der andere abrupt um und lief mit wütendem Gesicht zügig auf Waldo zu und an ihm vorbei, ohne auf ihn zu achten.

Als Waldo Mährleins Wohnwagen erreicht hatte, lag der alte Mann mit geschlossenen Augen auf der Liege.

»Hallo«, sagte Waldo und Mährlein öffnete die Augen und grüßte zurück.

»Ärger?«, fragte Waldo und zeigte mit dem Daumen über seine Schulter. »Da ist gerade ein Mann mit ziemlich saurer Miene an mir vorbeigedampft.«

»Nee, nee«, sagte Mährlein. »Mein bekloppter Schwiegersohn. Der nervt mich manchmal.«

Waldo blickte den Weg zurück, aber der bekloppte Schwiegersohn war nicht mehr zu sehen. Er war einen Moment versucht, weiter zu fragen, doch da er den Eindruck hatte, dass Mährlein das Thema nicht gerade angenehm war, ließ er es sein. Stattdessen berichtete Waldo, dass er seinen Auftrag wieder los war – eine Neuigkeit, die Mährlein mit einem Kopfschütteln quittierte.

»Wissen Sie eigentlich, wo Albert und Herr Prinz hin sind?«, fragte Waldo dann.

»Ich glaube, die wollten nach Born zum Hafen«, antwortete Mährlein. »Eventuell mit einem Kutter auf den Bodden raus.«

Waldo nickte. »Ich denke, ich werde auch mal eine kleine Runde drehen.«

Keine Frage, der Zeltplatz atmete Vergangenheit: Die schiefen Betonplatten, die die Wege markierten; ein einsamer Strommast, an dem keine Kabel mehr hingen; der kleine Kiosk, neben dem zwei von der Sonne ausgebleichte Aufsteller für Eiscreme und die BILD-Zeitung warben; gleich daneben eine echte knallrote englische Telefonzelle, in der sich allerdings kein Telefon befand – und die beiden ollen Fahrradständer neben der Rezeption stammten unzweifelhaft noch aus DDR-Produktion. Dafür entstand ziemlich in der Mitte des Geländes ein neues Waschhaus, der Rohbau war bereits fertig. Allerdings hatte Waldo in den Tagen, seit er und Albert hier waren, noch keinen einzigen Arbeiter auf oder wenigstens in der Nähe der Baustelle gesehen.

Gar nicht übertrieben hatte Albert, was die Lage des Platzes anging. »Total versteckt, super idyllisch, absoluter Geheimtipp«, hatte er Waldo zugeraunt, während sie über die Halbinsel kutschiert waren. Irgendwo zwischen Ahrenshoop und Born hatte er plötzlich »Stopp!« gebrüllt und Waldo aufgefordert, scharf rechts auf einen unscheinbaren holprigen Weg abzubiegen. Sie hatten sich eine Weile durchschütteln lassen und schließlich den Zeltplatz erreicht. Er lag im und am Rande eines Mischwalds und bot trotz der bevorstehenden Pfingstfeiertage noch reichlich Platz für Camper. Es gab nicht mehr viele Flecken an der Ostsee, wo man zur Saison halbwegs ungestört blieb – dieser hier war einer davon.

Waldo holte ein Buch aus dem Zelt, schloss sein Fahrrad auf, das neben dem Auto stand, und radelte gemächlich über die Betonwege zu der Stelle, wo am Morgen Egon Löblich gefunden worden war. Die Polizisten waren verschwunden, nur die Reifenspuren zeugten noch von ihrem Besuch. Das Ufer lag vollkommen ruhig und menschenleer da. Waldo stellte sein Rad ab und trat auf den Holzsteg, auf halber Strecke entdeckte er Blutflecken. Mehr erinnerte nicht mehr dran, dass hier vor Kurzem ein Mensch zu Tode gekommen war.

Er ging zu seinem Rad zurück und machte sich auf den Weg zum Hafen. Es war nicht besonders weit, die Strecke führte direkt am Bodden entlang. Waldo genoss die Fahrt an diesem fast windstillen Tag und die Sonne, die ihm auf den Rücken schien. Nur wenige Radler kamen ihm entgegen, die meisten Touristen lagen wohl auf der anderen Seite der Halbinsel am Strand und tauchten ihre Zehenspitzen oder mehr in die noch ziemlich kalte Ostsee.

Wieder einmal musste Waldo an Annette denken.

Du liebe Güte, anderthalb Jahre waren nun schon vergangen, seit sie sich getrennt hatten. Wie viele Urlaube hatten sie gemeinsam an der Ostsee verbracht? Waldo horchte in sich hinein, ob und wie sehr er Annette vermisste. Ja – er vermisste sie immer noch. Aber er musste sich auch eingestehen, dass sein Sehnsuchtsgefühl sich verändert hatte in letzter Zeit. Es war …, wie war es? Es war … dumpfer geworden. Traf es das? Manchmal tauchte Annette in seinen Träumen auf, und nachdem es in den ersten Wochen und Monaten nach ihrer Trennung noch häufig erotische Träume gewesen waren, waren es inzwischen bestenfalls Träume, in denen sie eng umschlungen und schweigend nebeneinander saßen. Häufiger aber waren es Träume, in denen sie sich trafen und nicht wussten, wie sie miteinander umgehen sollten. Dann standen sie sich hilflos gegenüber – und wenn Waldo aufwachte, verspürte er jedes Mal eine abgrundtiefe Traurigkeit.

Waldo lenkte seine Gedanken wieder zu Egon Löblich. Merkwürdig, er hatte diesen Mann überhaupt nicht gekannt, er konnte nicht mal ein Gesicht mit ihm verbinden und doch kam es ihm regelrecht obszön vor, dass dieser fremde Mann an diesem sanften Frühlingstag in irgendeinem Leichenkeller lag oder womöglich in dieser Sekunde ein Skalpell in seine Haut tauchte.

Er schüttelte die düsteren Bilder ab, als er den Ort erreichte und auf den Hafen zuradelte. Lange musste er nicht suchen: Albert und Rüdiger Prinz saßen auf einer Bank am sanierten Hafenbecken und mampften ein Fischbrötchen. Rechts und links neben der Bank standen mannshohe, aus Holz geschnitzte Figuren, ein Fisch und ein Seemann.

»Was habt ihr denn da Feines geangelt? Bismarckhering an einer Fantasie von Brötchen und Zwiebelringen?«, rief Waldo spöttisch und stoppte neben den beiden. »So was Leckeres schwimmt in der Ostsee rum?«

»Das sind Hammerfischbrötchen«, sagte Albert mit vollem Mund. »Guck dir die Größe an, so was kriegste sonst nirgendwo mehr. An der gesamten Ostsee nicht.«

»Hammerfisch? Du meinst wohl Hammerhai?«

Rüdiger Prinz schmunzelte.

Waldo setzte sich neben Albert. »Ich dachte, ihr besorgt uns ein Abendessen.«

»Machen wir ja noch«, behauptete Albert.

»Na prima«, feixte Waldo. »Ich hätte gerne die fangfrische Kutterscholle an einer Fantasie von Bratkartoffeln.«

Donnerstag

Natürlich waren Albert und Rüdiger Prinz nicht mit einer Kutterscholle zurückgekommen, natürlich waren sie auch mit keinem anderen Fisch zurück zum Zeltplatz gekommen. Und natürlich lieferte Albert eine Reihe von Gründen, warum das so war.

Waldo hatte in weiser Voraussicht in einem Fischgeschäft in Ahrenshoop ein paar Zanderfilets gekauft – und Hans Mährlein bereitete sie abends auf dem Grill zu. Dazu gab es Folienkartoffeln an einer Fantasie von Gurkensalat; sie hatten erst Bier und danach Weißwein getrunken und waren reichlich knülle gewesen, als sie schließlich auf ihre Matratzen sanken.

Waldo hatte keine Ahnung, wie spät es war, als er wach wurde. In der Nähe brüllte jemand. Es dauerte eine Weile, bis sich seine Augen an die Dunkelheit gewöhnt hatten. Auch Albert wälzte sich stöhnend herum.

»Ist das wieder dieser Idiot?«, nuschelte er.

»Nein!«, brüllte der Jemand nun und direkt danach noch einmal: »Nein!«

»O Scheiße«, murmelte Waldo.

Albert wollte gerade etwas erwidern, da schrie die Stimme: »Es war kein Mord!«

Waldo und Albert blickten sich an.

»Nein!«, tönte es wieder. »Nein, nein, nein!«

»Wenn du deine Fische nicht angeln, sondern erschießen würdest, hätten wir jetzt wenigstens eine Pistole«, flüsterte Waldo.

Albert ignorierte die Bemerkung und lauschte angespannt.

»Mistkerl!«, rief die Stimme.

»Au weia«, nuschelte Albert, beugte sich vor und öffnete leise den Reißverschluss des Zelts.

»Siehste was?«, fragte Waldo.

Albert robbte ein winziges Stück vor. »Pst!«, machte er. »Der Irre stapft um sein Zelt rum.«

»Lass mich auch mal.« Waldo kroch an den Vorhang heran und lugte nach draußen. Undeutlich konnte er den riesenhaften Mann erkennen, der vor dem roten Zelt kleine Kreise drehte.

»Mistkerl!«, brüllte er gerade. »Schwein! Dieses Schwein!« Und nach einer Pause erneut: »Es war kein Mord!«

»Schnauze!«, meldete sich nun eine andere Stimme von irgendwoher, aber der Riese ignorierte sie.

»Hast du nicht irgendwo einen Knüppel?«, fragte Waldo. »Ihr haut doch den Fischen immer eins über die Rübe, wenn ihr sie gefangen habt.«

»Ja, klar, mit einem Baseballschläger. Aber der liegt im Auto.«

»Auf was für einen Horrorzeltplatz hast du mich bloß geführt«, moserte Waldo. »Morgen reise ich ab, darauf kannst du einen lassen.«

»Nun mach dir mal nicht ins Hemd.«

»Dann geh doch raus und bitte den Herrn, etwas leiser rumzubrüllen. Was schreit der überhaupt die ganze Zeit von Mord?«

»Keine Ahnung, Mann. Der ist hackedicht.«

»Na und? Wenn ich hackedicht bin, rede ich nicht die ganze Zeit von Mord.«

»Reg dich ab: Er sagt doch, dass es *kein* Mord war«, raunte Albert.

Von dem Riesen waren im Moment nur noch Grunzlaute zu hören. Er war stehen geblieben und starrte mit hängendem Kopf auf den Boden. Dann bückte er sich, nahm eine Flasche und hob sie an den Mund. Anschließend stieß er einen Schrei aus und schleuderte das Gefäß in hohem Bogen von sich.

Waldo und Albert zuckten zusammen, als das Glas gegen

ihre Zeltwand flatschte. »Ey, der spinnt wohl, der Affe!«, schimpfte Albert wütend, aber immer noch leise.

»Halt endlich dein Maul, du Idiot«, war von einer anderen Ecke des Zeltplatzes zu hören.

Als Antwort ließ der Riese einen elend langen Rülpser hören, dann kroch er in sein Zelt.

»O Mann, Nightmare at Ostsee, Teil vier«, stöhnte Waldo.

Albert ruckelte sich wieder in seinem Schlafsack zurecht.

»Morgen bin ich hier weg, das versprech ich dir«, sagte Waldo.

»Ja, ja, nun schlaf.«

»Wie soll ich denn schlafen, während zehn Meter weiter einer von Mord faselt?«

»Mach dir Stöpsel rein.«

Waldo schwieg. Er lugte nochmal aus dem Zelt, aber draußen war nun alles still. Von irgendwoher waren Schnarchgeräusche zu hören.

»Was für ein Urlaub«, murmelte Waldo, zog den Reißverschluss zu und tastete nach den Ohrstöpseln, die irgendwo neben seiner Matratze liegen mussten.

Das Dumme an den Stöpseln war: Wenn er sie benutzte, hörte er seinen Tinnitus viel deutlicher – ein hoher Pfeifton im rechten Ohr. Seit gut einem halben Jahr war der Ton Teil seines Lebens. Zu verdanken hatte er ihn dem Mitarbeiter einer Schweinemastanlage, der Waldo mit einer Fußballtröte ins Ohr trompetet hatte. Ein paar Infusionen hatten das lästige Geräusch zunächst verschwinden lassen – aber nach ein paar Wochen hatte es sich zurückgemeldet. Der Ohrenarzt hatte Waldo keine großen Hoffnungen gemacht, dass er das Pfeifen je wieder ganz loswerden würde. Damit nicht genug, tauchte neuerdings in regelmäßigen Abständen und für einige sehr lange Sekunden ein neuer Ton auf – mal im rechten, mal im linken Ohr. Dieser Ton war erheblich lauter als das ständige Geräusch und jagte Waldo jedes Mal einen Schrecken ein. Was, fragte er sich, wenn auch dieses Geräusch irgendwann nicht wieder verschwand? Was, wenn es eines Tages noch lauter werden würde? Wenn noch mehr Töne auftauchen würden? Mit Gruseln hatte Waldo Erfahrungsberichte von verzweifelten Menschen gelesen, die in ihren Ohren Züge rattern oder Polizeisirenen jaulen hörten.

Manchmal hielt sich Waldo eine Hand aufs rechte Ohr, um sich zu vergewissern, ob der Ton noch da war.

Waldo rollte die Stöpsel zusammen und schob sie in seine Ohren. Es fiepte nun deutlich von rechts, aber immerhin war der Schnarcher nicht mehr zu vernehmen. Waldo fragte sich, ob er mit den Stöpseln hören konnte, wenn sich jemand dem Zelt näherte, jemand mit einem langen Messer zum Beispiel. Er schreckte auf, zog den Stöpsel aus dem Ohr und lauschte angestrengt. Außer dem Schnarcher war nichts zu hören.

»Albert«, flüsterte Waldo, aber Albert regte sich nicht.

Am nächsten Morgen zählte Waldo acht neue Mückenstiche. Er suchte eine Weile die Zeltwände ab, konnte aber keines dieser Mistviecher entdecken.

Außerdem hatte er Rückenschmerzen. Waldo bedauerte sich: Ich könnte schön im gemütlichen Bett eines Hotels oder einer schnuckeligen Pension liegen und mich gleich über das Frühstücksbüfett hermachen. Rühreier, gebratener Speck und ein vernünftiger Kaffee.

Kaffee, o ja.

Hier dagegen musste er sich mit löslichem Kaffee begnügen, den er sich am Tag nach ihrer Anreise im Kiosk gekauft hatte. Albert hatte sich lustig gemacht und schlürfte seinen Kaffee weiter türkisch – Waldo hatte es zunächst auch versucht, aber gleich wieder aufgegeben, weil er den Mund voll brauner Krümel gehabt hatte.

Albert kehrte mit frischen Brötchen und einer Lokalzeitung in den Händen zurück.

»Ich hab den Klaus zusammengefaltet«, prahlte er.

»Zusammengefaltet?« Waldo schnappte sich die Zeitung und fing an zu blättern.

»Hab ihm von dem Irren erzählt und dass er sich seine Kohle für die Übernachtungen in die Haare schmieren kann, wenn das so weitergeht.«

»Mmh«, machte Waldo. Er war sich ziemlich sicher, dass Alberts Wortwahl eine andere gewesen war, aber er sagte nichts. Irgendwie war ihm unwohl. »Und wenn Cheffe jetzt zu dem Irren geht und sagt, dass wir uns beschwert haben?«

»Ja, und?«

»Na, dann kommt der Irre vielleicht morgen Nacht vorbei und nimmt uns mit auf den Holzsteg.«

Albert schwieg einen Moment. »Ach, Quatsch«, meinte er schließlich, aber es klang etwas zögerlich.

Sie blickten zu dem roten Zelt. Nichts regte sich.

Waldo blätterte wieder in der Zeitung und entdeckte schnell einen dreispaltigen Bericht über den Toten aus ihrer Nachbarschaft – samt Foto des Campingplatzes.

»Prima Werbung«, murmelte er und Albert sagte: »Lies doch mal vor.«

»Camper brutal getötet. Auf einem Campingplatz, blablabla«, Waldo nuschelte den Text vor sich hin. »Bislang gibt es keine Hinweise auf den oder die Täter. Die Kriminalpolizei ermittelt.« Er blickte auf.

»Na, das wollen wir aber auch hoffen.« Albert grabschte nach der Zeitung, las eine Weile darin und lies sie dann auf den Boden fallen.

»Und was ist nun?«, fragte Waldo, nachdem sie schweigend Butter, Käse, Marmelade und Nutella vor dem Zelt ausgebreitet hatten. Der Campingkocher gab alles, um das Wasser für den Kaffee in dem kleinen Topf zu erhitzen.

»Was soll sein?«, fragte Albert.

»Gibt's in der Nähe noch einen anderen, einen sicheren Campingplatz? Ich will hier weg.«

Albert goss das heiße Wasser in zwei Becher. »Jetzt übertreib mal nicht. Wegen so einem Spinner. Außerdem findest du zurzeit auf keinem anderen Zeltplatz 'ne freie Ecke. Am Wochenende ist Pfingsten.« Er lehnte sich zurück und wühlte eine Weile im Zelt herum, bis er mit einer Zwiebel und einer Gurke wieder auftauchte.

Waldo beobachtete Albert skeptisch, während dieser anfing, die Zwiebel zu schälen. »Und wenn der Spinner aus dem roten Zelt Löblich abgemurkst hat?«

Albert legte ein paar Zwiebel- und Gurkenscheiben auf sein Käsebrötchen.

»Wie kannst du so was am frühen Morgen essen?«, fragte Waldo.

»Mir schmeckt's.« Albert biss ein großes Stück von seinem Brötchen ab.

»Außerdem würde ich gerne mal wieder halbwegs vernünftig schlafen. Hast du eigentlich auch so viele Mückenstiche?«

Albert blickte an sich herab. »Nö.«

Waldo kratzte an seinem Fuß und sah sich um. »Sag mal, hat sich die Zahl der Zelte eigentlich gelichtet seit gestern?«

Albert guckte. »Findste?«

»Wär jedenfalls kein Wunder.«

»Kann uns doch nur recht sein. Bleibt mehr Platz.«

Waldo kratzte und kratzte. »Was machst du heute? Hältst du wieder den ganzen Tag deine Angel ins Wasser?«

Albert schnitt sich noch eine Zwiebel- und eine Käsescheibe ab und steckte beides in den Mund. »Nee, ich glaub, heute mach ich mal Pause. Prinz will mit Mährlein nach Rostock oder so fahren … Da ist er ja.«

»Morgen!«, rief Rüdiger Prinz gut gelaunt. »Dürfen wir euch heute Abend zum Grillen einladen? Wir machen einen Ausflug nach Warnemünde und bringen was mit.«

Sie verabredeten sich für sechs Uhr, Waldo und Albert versprachen, für Getränkenachschub zu sorgen.

Den Tag verbummelten die beiden träge am Ostseestrand. So sehr es sich auch nachts noch abkühlte – bis Mittag wurde es ordentlich warm. Die Sonne strahlte von einem reiseführerblauen Himmel.

Es dauerte einen Moment, bis Waldo realisierte, dass sich die Menschen um ihn herum sämtlicher Klamotten entledigt hatten. Er selbst hatte nur sein T-Shirt und die Strümpfe ausgezogen und saß mit kurzer Hose da.

Er wollte seine Entdeckung gerade Albert mitteilen, als dieser sich ebenfalls von seiner kompletten Kluft befreite und mit den Worten: »Ich brauch jetzt erst mal 'ne Erfrischung«, Richtung Wasser hopste.

Wir sind am Nacktbadestrand, dachte Waldo entsetzt. Er wäre nicht im Traum darauf gekommen, dass Albert ihn ausgerechnet an so einen Abschnitt führen würde. Er blickte unruhig nach rechts und links. Na toll. Waldo zögerte noch einen Moment, dann zog er sein T-Shirt wieder an. Oder wirkte er jetzt noch mehr wie ein Spanner? Wurde man als Angezogener am FKK-Strand geächtet? War es überhaupt erlaubt, am FKK-Strand mit Klamotten zu sitzen? Ich könnte ja sagen, dass ich einen schlimmen Sonnenbrand habe, überlegte Waldo. Hilflos hielt er Ausschau nach Albert. Der kam gerade wieder aus dem Wasser.

»Geil!«, schnaufte er, griff sein Handtuch und begann sich schwungvoll abzurubbeln.

»Sag mal, sind wir hier am FKK-Strand?«, zischte Waldo.

»Wie hast du das bloß wieder rausgekriegt?«, erwiderte Albert.

»Ich wollte aber nicht an den FKK-Strand!«

»Wieso das denn nicht?«

»Ich war noch nie an einem FKK-Strand. Ich finde Nacktbaden scheiße.« Waldo fühlte sich überrumpelt. Annette war es in den fünf Jahren, die sie zusammen gewesen waren, nie gelungen, ihn an einen FKK-Strand zu zerren.

»Mann, ihr Wessis seid aber auch so was von prüde«, sagte Albert, legte sein Handtuch in den Sand und sich darauf.

Waldo schwieg. Diese Diskussion hatte er mit Annette

unzählige Male geführt. Er blickte sich erneut um. So weit er sehen konnte, war er der Einzige, der noch was anhatte. »Darf ich hier überhaupt sitzen, wenn ich was anhabe?«, flüsterte er Albert zu.

Albert kicherte. »Klar, du solltest aber noch die Kamera mit Teleobjektiv holen. Das wirkt authentischer.«

»Sehr witzig.«

»Mann, Junge«, sagte Albert. »Lass die Hosen runter! Ich schwöre dir: Es wird weder Applaus noch Buhrufe geben.« Er kicherte erneut. »Obwohl, mit den Buhrufen bin ich mir da nicht so sicher. Und schmier mir mal den Rücken ein.« Albert kramte in seinem Rucksack herum und warf ihm eine Flasche Sonnenmilch zu.

Auch das noch. Waldo fühlte sich an Jugendfreizeiten erinnert. Schon damals hatte er es komisch gefunden, die Rücken seiner Freunde einzuschmieren. »Können wir nicht woanders hingehen?«, fragte er matt, während er die Creme verteilte.

»Geh, wohin dein Herz dich trägt – meines hat mich hierher getragen.«

Waldo verzog das Gesicht. Er verschmierte den Rest Sonnenmilch auf seinen eigenen Beinen. Zweifelnd blickte er an sich herab. Sein Bauch wölbte sich unter dem T-Shirt. Er zog ihn ein und spannte seine Bauchmuskeln an.

Albert lag mit dem Rücken auf seinem Handtuch, die Augen geschlossen. Sein Schwanz ist größer als meiner, dachte Waldo.

Er gab sich einen Ruck. Okay, dann sollte es wohl so sein. Langsam zog er sein T-Shirt wieder aus, streifte im Sitzen die kurze Hose ab und legte sie neben sich auf das T-Shirt. Seine Blöße verdeckte er mit dem Buch. So saß er ein paar Minuten. Er sah sich um, aber niemand beachtete ihn.

Ein junges Pärchen hielt sich in einiger Entfernung eng umschlungen und küsste sich. Waldo wandte den Blick schnell wieder ab.

Was Annette wohl sagen würde, wenn sie ihn so sehen könnte? Au weia, er durfte nicht an Annette denken! Am Ende bekäme er noch einen Ständer. Vielleicht war das ja der Hauptgrund gewesen, dass er sich stets geweigert hatte, mit Annette an den FKK-Strand zu gehen. Er stellte sich vor, wie sich Annette ein T-Shirt über den Kopf zog, wie sie auf ihm saß und ihren BH öffnete.

Denk an was anderes, Junge!

Denk an eine Rechenaufgabe! Mal sehen, wie viel ist zwölf mal siebzehn? Zwölf mal siebzehn ist ..., zwölf mal siebzehn ..., zehn mal siebzehn ist schon mal hundertsiebzig ...

Oder denk an den Toten vom Campingplatz. Genau!

Und an den Irren, der dich vermutlich heute Nacht umbringen wird.

Albert öffnete die Augen und blinzelte in die Sonne. Er drehte sich auf den Bauch, sah Waldo an und sagte: »Na bitte. Und? Tut's weh?«

»Noch 'ne Wurst gefällig?«, fragte Albert in die Runde.

Er hatte das Oberkommando über den Grill an sich gerissen und niemand hatte sich dagegen gewehrt.

»Ich nehm noch eine«, sagte Waldo, obwohl er schon mehr als satt war. Auch Rüdiger Prinz hob die Hand.

Sie hatten zunächst eine Weile über den Toten geredet und darüber, dass der Campingplatz seit heute früh erneut leerer geworden war. Klaus Werner hatte Recht – so ein Mord war wirklich schlecht fürs Geschäft.

Prinz hatte von anderen Campern erfahren, dass die Polizei vor einem Rätsel stand. Aus Löblichs Wohnwagen war nichts gestohlen worden; man war immer noch damit beschäftigt herauszufinden, ob es irgendwelche Bekannte oder Verwandte gab.

Später fragte Hans Mährlein Waldo ziemlich detailliert darüber aus, was ein Privatermittler so macht. Im Laufe des Gesprächs guckten sich Prinz und Mährlein mehrfach ernst an und Waldo war sich nicht sicher, was diese Blicke zu bedeuten hatten.

»Hatten Sie schon mal mit Erpressung zu tun?«, fragte Mährlein schließlich.

Waldo schüttelte den Kopf, während er auf einem Stück Bratwurst kaute.

Mährlein und Prinz blickten sich erneut an.

»Was würden Sie machen, wenn jemand zu Ihnen käme und Ihnen Erpresserbriefe zeigen würde?«, fragte Mährlein.

»Ich würde ihn fragen, ob er schon bei der Polizei war«, antwortete Waldo und pikte mit der Gabel Krautsalat aus einer Plastikdose.

»Ja, nun frag ihn doch mal«, sagte Prinz ungeduldig zu Mährlein.

Mährlein zögerte noch einen Moment, dann erhob er sich von seinem Stuhl und verschwand in seinem Wohnwagen. Als er wieder auftauchte, hielt er mehrere zusammengefaltete Blätter Papier in der Hand. Er gab sie Waldo.

Waldo faltete sie auseinander und blickte auf ein Schreiben, das aus Buchstaben zusammengesetzt war, die jemand aus Zeitungen ausgeschnitten hatte. Albert trat neugierig hinter ihn und schweigend lasen sie die drei Seiten. Auf allen drei Blättern forderte der Absender eine Million Euro und auf allen drei Blättern drohte er für den Fall der Nichtzahlung Mährlein den Tod an. Waldo faltete die Blätter wieder zusammen und gab sie Mährlein zurück.

»Puh«, machte Albert und Waldo sagte: »Die Polizei kommt nicht weiter?«

Mährlein schüttelte den Kopf. »Sie versucht es aber auch nicht.«

»Seit wann bekommen Sie diese Briefe?«

Mährlein überlegte kurz. »Der erste kam vor gut zwei Monaten, der letzte vor anderthalb Wochen.«

»Was heißt das? Kamen die Briefe hierher? Auf den Campingplatz?«

»Nein, zu mir nach Hause.«

»Aber da wohnen Sie doch eigentlich nicht mehr.«

»Ich fahre alle zwei, drei Wochen hin, um Post zu holen.«

»Haben Sie jemanden in Verdacht?«, fragte Waldo.

Mährlein zuckte die Schultern. »Die Zeiten sind schlecht, vielleicht steckt einfach ein verzweifelter Familienvater dahinter, der nicht weiß, wie er sonst die Miete zahlen soll.«

Waldo blickte skeptisch. »Würde der sich nicht eher eine Bank oder ein Unternehmen aussuchen?«

Mährlein zuckte erneut die Schultern. »Ich bin nicht ganz unbekannt hier oben, müssen Sie wissen.«

»Wieso denn das?«, fragte Albert vom Grill her.

»Mein Vater besaß ein großes Hotel, zwei Orte weiter. Aber dann wurde er enteignet, wie die meisten Hoteliers und Gastwirte. Haben Sie mal was von der Aktion Rose gehört?«

Waldo und Albert schüttelten den Kopf.

»1953 hat die DDR-Führung viele Hoteliers an der Ostseeküste mit irgendwelchen fadenscheinigen Begründungen verhaftet. Das eigentliche Ziel war natürlich, ihnen ihr Eigentum wegzunehmen. Die meisten Häuser übernahm dann der Staat. Einige wenige Privatleute erhielten ihr Eigentum zwar wenig später wieder zurück – allerdings unter der Bedingung, Parteigenossen unterzubringen. Wenn Sie damals als Otto Normalurlauber nicht irgendeine private Unterkunft aufgetan hatten, konnten Sie ja nicht einfach an die Ostsee fahren und Ferien machen. Zu verdienen gab es da natürlich nichts mehr. Die Häuser verfielen – es fehlte das Geld, um sie in Schuss zu halten. Und es fehlte der Anreiz. Na ja, mein Vater hat darunter ziemlich gelitten. Er ist dann früh gestorben, Anfang der Sechziger. Nach der Wende haben wir unser Haus zurückbekommen. Wir hatten Glück, bei einigen Grundstücken sind die Eigentumsverhältnisse bis heute nicht geklärt.«

»So sieht's dann da auch aus«, sagte Albert.

Mährlein nickte. »Das Geschäft lief prima und ich hab dann mit den Jahren ziemlich viel gebaut, gekauft und saniert. Und ziemlich viel verdient. Ich bin nicht unvermögend.«

Rüdiger Prinz legte ungeduldig sein Besteck neben den Teller. »Nun sag doch, dass du jemand Bestimmtes in Verdacht hast, was die Briefe angeht.«

Waldo zog die Augenbrauen hoch und blickte Mährlein an.

Mährlein hob fast entschuldigend die Hände. »Ich könnte wetten, dass mein feiner Herr Schwiegersohn die Briefe zusammengeklebt hat. Der, den Sie gestern hier gesehen haben.«

»Haben Sie das auch der Polizei gesagt?«, fragte Waldo.

»Nee.«

»Wieso nicht?«

Mährlein schüttelte unwillig den Kopf. »Ach, was soll denn dabei rauskommen? Die gehen zu ihm hin und fragen ihn, er leugnet, Ende der Ermittlungen. Außerdem: Am Ende war er es doch nicht.«

»Noch jemand 'ne Wurst?«, fragte Albert.

Niemand antwortete.

»Wieso haben Sie Ihren Schwiegersohn in Verdacht?«, fragte Waldo stattdessen.

»Beweisen kann ich es natürlich nicht. Ist bloß so ein Gefühl. Er liegt mir seit Monaten mit einem Projekt in den Ohren, das er allein nicht finanzieren kann.«

»Was für ein Projekt?«

»Er will zusammen mit einem Geschäftskumpel einen Ferienpark hochziehen. Keinen von der üblichen Sorte, sondern was ganz Exklusives. So eine Art zweites Heiligendamm. Luxushotel, Luxusferienwohnungen, Wellnessanlage, Gourmetrestaurants, Pipapo. Ich glaube aber nicht, dass das funktioniert. Das hier ist keine Gegend, in der die Superreichen Ferien machen. Außerdem widerstreben mir solche Luxusprojekte ganz prinzipiell.«

Waldo nahm erneut die Blätter vom Tisch und faltete sie auseinander. »Ziemlich plump, das Ganze, finden Sie nicht?«

»Was meinen Sie?«

»Na ja, so die Formulierungen. ›Wenn Ihnen Ihr Leben lieb ist‹ … Das klingt wie aus einem schlechten Film. Vielleicht ist das Ganze bloß ein Dumme-Jungen-Streich.«

Mährlein schwieg.

»Und wozu braucht Ihr Schwiegersohn eine Million? Eine Million wird doch vermutlich nicht reichen, um eine Luxusferiensiedlung hochzuziehen.«

»Nein, natürlich nicht. Ich habe aber auch keine Ahnung, wie weit er das Projekt schon vorangetrieben hat. Vielleicht hat er Zahlungsschwierigkeiten.«

»Und der Geschäftsfreund? Was ist das für einer?«

»Irgendein Unternehmer aus dem Westen. Kopsch heißt der.«

»Unsympathische Ratte«, ergänzte Prinz.

Waldo blickte zu Prinz, dann wieder zu Mährlein: »Was sagt denn Ihre Tochter dazu?«

»Ich liebe meine Tochter über alles. Aber sie ist ein bisschen naiv«, antwortete er düster. »Sie glaubt, den Mann ihres Lebens gefunden zu haben.«

Waldo lag eine Bemerkung auf der Zunge, aber er schwieg. Soll ja öfter vorkommen, dass Väter die Macker ihrer Töchter nicht gerade lieben. Manchmal sogar ohne triftigen Grund, sondern einfach nur, weil sie die Vorstellung doof finden, dass ein anderer mit dem süßen Mädchen vögelt, das mal Papis Liebling war.

»In *Fargo* hat auch ein Schwiegersohn versucht, seinen Schwiegervater zu erpressen«, sagte Albert vom Grill her. »Da war der Schwiegervater aber ein ziemlicher Kotzbrocken. Außerdem ging die Sache voll nach hinten los.«

»Fargo?«, fragten Prinz und Mährlein wie aus einem Mund.

»Ein Film«, erklärte Waldo. »Aber wir sind hier nicht in *Fargo*, Albert.«

»Ich mein ja bloß«, sagte Albert. »Noch jemand 'ne Wurst?«, versuchte er es erneut. Als wieder keiner reagierte, legte er sich selbst eine auf den Teller und trat an den Tisch.

Waldo öffnete sich eine neue Bierflasche und wandte sich wieder Mährlein zu. »Tja, was soll ich sagen …?«

»Ja, ich weiß auch nicht …, tut mir leid, ich wollte Sie jetzt gar nicht mit dem Fall beauftragen …«

»Nein, nein«, fiel ihm Waldo ins Wort. »Kein Problem. Ich meine nur, es ist eben schwer, jetzt so einfach was dazu zu sagen.«

»Schon klar.«

»Ich denke, wenn Sie Ihren Schwiegersohn wirklich in Verdacht haben, dann sollten Sie ihn mit dem Verdacht konfrontieren.«

»Mmh«, machte Mährlein.

»Zeigen Sie ihm die Briefe.«

Mährlein brummte.

Alle schwiegen betreten, bis Mährlein aufstand, die Briefe nahm und in den Wohnwagen ging. Er kehrte mit einer Flasche Küstennebel und vier Schnapsgläsern zurück und meinte: »So, jetzt was zum Verdauen.«

Waldo war sich nicht sicher, ob die Fröhlichkeit, die nun in Mährleins Stimme lag, echt war.

Mährlein goss ein, hob sein Glas und sagte: »Und dann lassen wir nun endlich mal das Sie. Ich bin der Hans.«

Freitag

Auch in dieser Nacht wurde Waldo geweckt, erst von einem Paar, das sich in einem Zelt liebte – Albert verschlief das Ereignis –, später dann, gegen halb drei, von dem Riesen, der erneut sturzbetrunken und sehr mitteilungsbedürftig nach Hause kam.

»Ich werde wahnsinnig«, flüsterte Waldo, während er gemeinsam mit Albert den Verrückten beobachtete, wie er sein Zelt umrundete und ein unsichtbares Gegenüber beschimpfte. Von Mord war heute immerhin keine Rede.

»Morgen mach ich den Klaus aber so was von rund«, flüsterte Albert zurück.

»Ich denke, das hast du heute schon gemacht.«

Am nächsten Morgen diskutierten sie eine Weile, ob sie sich beim Campingplatzchef beschweren oder gleich zum Riesen gehen sollten. Waldo plädierte für Ersteres, Albert für Letzteres. Als Waldo sich hatte überzeugen lassen, kam es, wie er es vorausgesehen hatte: Albert lenkte ein und meinte, dass es vielleicht doch besser sei, den Campingplatzchef zu nerven.

Auf dem Weg zur Rezeption kam ihnen Rüdiger Prinz entgegen.

»Morgen. Habt ihr Hans gesehen?«, fragte er. Als Albert und Waldo verneinten, fuhr er fort: »Komisch, wo er wohl ist?«

»Vielleicht musste er irgendwas besorgen. Oder erledigen«, sagte Albert.

»Nee, nee«, sagte Prinz stirnrunzelnd. »Ich hab eben noch mit ihm telefoniert.«

»Und?«

Prinz legte die Stirn in Falten. »Er druckste ein bisschen rum. Sagte, er führe gerade ein Gespräch.«

»Und mit wem?«

»Das sagte er nicht.«

Albert zuckte mit den Schultern.

»Und wo wollt ihr hin?«, fragte Prinz dann.

»Zum Chef. Wegen dem Irren aus dem roten Zelt«, sagte Albert.

Prinz rang sich ein Lächeln ab. »Ah ja, von dem kriegen wir dahinten zum Glück gar nichts mit. Ich hab wunderbar geschlafen.«

»Du Glücklicher«, sagte Waldo.

»Gehen wir heute angeln?«, fragte Albert.

»Ähm, nein, ich seh erst mal, wo Hans ist, ich ruf ihn gleich nochmal an ..., ähm, wir wollten eigentlich ...« Prinz sprach den Satz nicht zu Ende.

Albert war enttäuscht. »Schade.«

»Die beiden sind vielleicht ein Gespann«, raunte er Waldo zu, während sie weiterliefen.

»So was Ähnliches werden die über uns auch denken«, antwortete Waldo.

Klaus Werner wirkte zerknirscht. »Ihr seid nicht die Ersten heute.«

»Mensch, Klaus, das kann doch nicht sein, dass der Typ jede Nacht rumbrüllt!«, schimpfte Albert.

»Ich geh nochmal hin zu ihm. Eine Chance kriegt er noch, dann fliegt er.«

Befriedigend fanden Waldo und Albert die Antwort nicht. Andererseits war die Wahrscheinlichkeit, auf einem anderen Zeltplatz ein freies Plätzchen zu finden, inzwischen gleich null. Sogar auf diesem versteckten Platz trudelten trotz der frühen Uhrzeit die Feiertagsurlauber ein. Ob sie auch kommen würden, wenn sie von dem Mord wüssten?, fragte sich Waldo.

Nachdem Albert sein Angelzeug gepackt und losgeseppelt war, saß Waldo unschlüssig vor dem Zelt. Ein paar Meter entfernt war ein junges Paar gerade damit beschäftigt, seine Unterkunft zu errichten. Die beiden arbeiteten schweigend Hand in Hand. Zwei Menschen wie aus der *Calvin Klein*-Werbung, dachte Waldo und betrachtete verträumt das Mädchen, das viel freie Haut sehen ließ. Er sah sich in Gedanken mit der unbekannten Schönen eng umschlungen in den Dünen liegen. Ja, das wäre ein Ostseeurlaub geworden! *Mit so einer Frau hätte ich auch prima in Alberts Minizelt gepasst.*

Stattdessen hockte er hier mit seinem angelwütigen Kumpel, der ihn schon wieder allein ließ. Freilich hatte Albert ihm mehrfach angeboten, ihn zum Angeln mitzunehmen, aber Waldo hatte jedes Mal dankend abgelehnt. Einmal hatte Waldo eine kurze Debatte zum Thema ›Angler sind Mörder‹ vom Zaun gebrochen, aber angesichts ihrer nicht eben streng vegetarisch verlaufenden Grillabende auf dem Zeltplatz und der Tatsache, dass Albert bislang nicht das winzigste Fischlein an die frische Luft gezerrt hatte, hatte Waldo nicht die besten Argumente an der Hand gehabt.

Es dauerte einen Moment, bis Waldo realisierte, dass er das Mädchen immer noch anstarrte. Die junge Frau schaute ihm direkt in die Augen und lächelte. Schnell blickte Waldo in eine andere Richtung.

Er räusperte sich, dann nahm er sein Buch und spazierte über den Campingplatz. Er nahm den kürzesten Weg zum Holzsteg, wo der tote Egon Löblich gefunden worden war. Der Uferbereich, von dem aus man ins Wasser konnte, war keine hundert Meter lang. Rechts und links davon begannen die Schilfgürtel. Waldo trat auf den Holzsteg, spazierte bis zum Ende und blickte auf den Bodden hinaus.

Er drehte sich um, als er hinter sich Geräusche hörte. Ein Surfer war damit beschäftigt, sein Sportgerät ans Ufer zu schleppen. Der Mann nickte Waldo zu: »Morgen.«

Waldo grüßte zurück und drehte sich wieder der Wasserfläche zu, auf der sich winzig kleine Wellen kräuselten.

Herrscht überhaupt genügend Wind zum Surfen?, fragte er sich.

Der Surfer platschte inzwischen durch das Wasser, sein Surfbrett schob er neben sich her. Nach ein paar Metern kletterte er auf das Brett, das sogleich anfing, gehörig zu schwanken. Der Mann hielt die Balance, ging in die Hocke, griff das Segel und zog es aus dem Wasser. Als es fast aufrecht stand, fuhr ein Windstoß in das Segel und drückte es gegen den Mann, der daraufhin langsam, aber unaufhaltsam nach hinten kippte.

Wasser spritzte und Waldo grinste.

Schnaufend gelangte der Surfer wieder auf sein Brett. Der zweite Versuch verlief erfolgreicher und wenig später glitt der Surfer an dem Steg vorbei aufs offene Wasser – allerdings in unglaublich langsamem Tempo.

»Achtung, Käpt'n, schalte jetzt um auf wahnsinnige Geschwindigkeit«, murmelte Waldo und ging zurück Richtung Land. Er hatte das Ufer noch nicht erreicht, da hörte er es hinter sich platschen. Das Segel lag wieder flach auf dem Wasser, der Surfer tauchte neben dem Brett auf.

Waldo entschied sich für eine kleine Radtour. Während er sein Fahrrad aufschloss, bemerkte er, dass sich an dem roten Zelt etwas tat: Der Riese steckte seinen Kopf heraus und blickte in die Runde. Als er Waldo sah, verschwand er rasch im Zelt.

Waldo machte sich auf den Weg zum Ausgang des Campingplatzes. Vor Mährleins Wohnwagen standen Rüdiger Prinz und eine Frau, Waldo schätzte sie auf Mitte vierzig.

Waldo stieg vom Rad. »Hallo!« Er zeigte auf den Wohnwagen. »Immer noch nicht aufgetaucht?«

»Nein.« Rüdiger Prinz trat auf ihn zu, die Frau folgte ihm langsam. »Das ist Hans' Tochter«, erklärte Prinz und zeigte auf die Frau.

Sie streckte Waldo die Hand entgegen. »Hallo, Kerstin Landgraf. Ich frage mich, wo mein Vater ist. Eigentlich waren wir verabredet. Sind Sie der Angler oder der Detektiv?« Sie lächelte.

»Der Detektiv«, sagte Waldo. »Sie sind aber gut informiert.«

»Mein Vater hat mir erzählt, dass er wieder eine nette Campingplatzbekanntschaft gemacht hat.«

Waldo blickte von Kerstin Landgraf zu Rüdiger Prinz. »Hast du nochmal versucht, ihn telefonisch zu erreichen?«

Prinz nickte. »Ja, mehrfach, aber er geht nicht ran.«

»Tja«, meinte Waldo. »Ich mach 'ne kleine Radtour. Wenn ich ihn sehe, sag ich ihm, dass er verzweifelt gesucht wird.«

Waldo legte sich mächtig ins Zeug. Er strampelte in gehörigem Tempo durch den Wald in Richtung Darßer Weststrand, bog dann nach links ab und fuhr über den Radweg auf dem Deich auf Ahrenshoop zu, wo er eine Zeitung kaufen und etwas essen wollte.

Mit einem Fischbrötchen im Bauch und der *Süddeutschen* auf dem Gepäckträger radelte er zunächst die Straße entlang weiter nach Südwesten. Wenig später bog er nach rechts in einen Feldweg ein, der ihn an den Ostseestrand führen sollte. Vor ihm tauchte ein kleines Waldgebiet auf. Waldo schaltete ein paar Gänge herunter, denn nun hatte er eine Steigung vor sich. Oben angelangt, nahm er wieder Tempo auf.

Zwei Wege führten durch das Wäldchen: ein breiter und ein schmaler, der nahe am Wasser verlief. Jahr für Jahr holte sich das Meer ein Stück Land zurück und deswegen konnte der ursprüngliche Weg plötzlich enden, aber die vielen Urlauber erschlossen sich schnell neue Pfade. Waldo wählte den schmalen Weg.

Nach kurzer Zeit flankierten kleine Büsche und Sträucher statt der Bäume den Weg und der Untergrund wurde sandiger. »Mist«, fluchte Waldo, als er fast stecken blieb und absteigen musste. Er schob das Rad, bis der Boden wieder fester wurde. Doch nach ein paar Metern wartete die nächste

Überraschung: Unmittelbar neben Waldo ging es gut und gern zehn, zwanzig Meter in die Tiefe; das Strandstück selbst war nur sehr schmal, auch befand sich da unten kein Sand, sondern dort lagen Steine. Waldo passierte ein paar alte Bunker, von denen zwei schon vor einiger Zeit von der Klippe herabgestürzt waren.

In der Ferne sah Waldo Häuserdächer. Und er sah eine Menschengruppe. Als er näher kam, erkannte er, dass auch unten am Strand viele Menschen standen – aber es dauerte noch einen kurzen Moment, bis er den Grund für den Menschenauflauf entdeckte. Die Leute glotzten auf einen Berg aus Sand und Steinen. Offenbar war hier erst vor kurzer Zeit ein mächtiges Stück der Klippe abgebrochen und in die Tiefe gestürzt. Auf einer Länge von rund dreißig Metern war das Geröll abgerutscht; die neue Kante zog sich in einem Halbkreis gut zehn Meter ins Landesinnere. Schon vorher war der Strand an dieser Stelle so schmal gewesen, dass kaum mehr als drei Spaziergänger nebeneinander hergehen konnten. Jetzt war ein Durchkommen quasi unmöglich geworden – es sei denn, man nahm eine Klettertour über den neuen Berg in Kauf. Doch das verhinderten zwei Polizisten, die vor der abgerutschten Klippe postiert waren. Kurz hinter dem Haufen ragte ein abgestürzter Betonbunker schräg in die Höhe. Er lag halb im Wasser und versperrte den kompletten Strand.

Waldo hielt an, als er die Menschenmenge erreicht hatte, die vom Wegrand aus nach unten starrte. Erst jetzt bemerkte er, dass auch hier oben ein kleines Gebiet abgesperrt war und dass auch hier ein Polizist stand.

»Du lieber Himmel, ist hier gerade die Klippe abgestürzt?«, fragte Waldo überflüssigerweise einen Mann mit buschigem Schnauzer neben sich.

Der Bartträger nickte. »Kann noch nicht lange her sein.«

»Das ist ja ein riesiges Stück«, sagte Waldo fasziniert.

»Und schon das dritte in diesem Jahr«, mischte sich ein

älterer Herr ein, der, wie Waldo irritiert feststellte, mit einem eleganten Anzug samt Hut bekleidet war. »Wenn das so weitergeht, können die Leute dahinten bald umziehen.« Er zeigte mit dem Daumen über die Schulter.

Waldo blickte zurück und erkannte hinter den Bäumen zwei Dachfirste.

Unten am Strand waren mehrere Männer damit beschäftigt, Steine aus dem Weg zu räumen. Von der anderen Seite rumpelte langsam ein kleiner Bagger heran.

»Wollen die den Strand wieder freischaufeln?«, fragte Waldo.

»Die wollen vor allem gucken, wer da unter den Steinen liegt«, sagte der Anzugträger trocken.

Waldo riss die Augen auf. »Da liegt einer drunter?«

»Ja, ist wohl mit abgestürzt, der arme Kerl.«

»Und – lebt er noch?«

»Was glauben Sie wohl? Gucken Sie sich doch mal die Brocken an.«

Waldo starrte in die Tiefe. »Hat das jemand beobachtet, wie er abgestürzt ist?«

»Nee.«

»Und woher weiß man dann, dass da unten jemand verschüttet worden ist?«

»Man hat ein Handy gefunden.«

»Ein Handy?«

»Ja, das heißt, gefunden hat man es noch nicht. Man hat es bislang nur gehört.«

»Gehört?«

»Ja, es klingelt dauernd. Da versucht offenbar jemand ziemlich dringend, den Besitzer des Handys zu erreichen.«

Waldo starrte den Mann an. Für einen Moment wurde ihm schwindlig.

Sein Herz raste, seine Lungen schmerzten, er schwitzte. Waldo fuhr, so schnell er konnte; Spaziergänger klingelte er aus dem Weg, ihre wütenden Rufe ignorierte er. Er wollte seiner Ahnung keinen Glauben schenken, aber während er auf dem Weg zurück zum Zeltplatz war, überschlugen sich seine Gedanken. Vielleicht war Hans ja schon wieder aufgetaucht, das wäre das Beste, das Einfachste, bestimmt hatte er nur irgendwo irgendwas erledigt.

Und wenn er in der Zwischenzeit nicht aufgetaucht war? Was soll ich Rüdiger Prinz sagen?, fragte sich Waldo. Wie wahrscheinlich ist es, dass Hans unter dem Geröllberg liegt? Ergibt es Sinn, Hans' Tochter und Rüdiger verrückt zu machen? Soll ich nicht besser umkehren und warten, bis sie die Leiche aus dem Berg gezogen haben?

Waldo drehte seine Gedanken hin und her, aber so sehr er auch versuchte, sich zu beruhigen und auf ein glückliches Ende zu hoffen – er spürte, dass ihn seine Ahnung nicht trog.

Waldo bog ab auf den Weg, der zum Campingplatz führte, umkurvte die Schranke und sauste die Betonplatten entlang zu Hans' Wohnwagen.

Nichts – das Gefährt lag still und verlassen im Sonnenschein da.

Er stellte sein Rad ab und lief zu Rüdigers Wohnwagen, der nur ein paar Meter weiter stand.

Prinz blickte auf, als Waldo den Wohnwagen betrat.

Er hockte auf der kleinen Sitzbank; Tränen liefen seine Wangen hinab. Neben ihm lag ein Handy. »Hans ist tot«, flüsterte er mit tränenerstickter Stimme.

Waldo atmete schwer. »Ich bin gerade zufällig an der Klippe vorbeigekommen.« Er registrierte einen neuen, hohen Ton in seinem linken Ohr.

»Vor fünf Minuten klingelte mein Handy und ich habe auf dem Display erkannt, dass es seins war. Ich war so erleichtert, aber dann war jemand anderes dran, ein Polizist …« Prinz schluchzte auf. »Hans hatte keine Papiere bei sich«, fuhr er nach einer Weile fort. »Darum haben sie die Nummer angerufen, die zuletzt auf seinem Handy angezeigt wurde.«

Waldo setzte sich neben Prinz auf die Bank. »Weiß seine Tochter schon Bescheid?«, fragte er leise. Der neue Ton in seinem Ohr wurde leiser und verschwand ein paar Sekunden später völlig.

»Nein. Ich weiß nicht, ich hab doch selbst gerade erst …«

Gemeinsam machten sie sich auf den Weg zu der abgerutschten Klippe. Waldo hatte vergeblich versucht, Prinz davon abzuhalten, weil er ahnte, dass ein Mann, der aus einem tonnenschweren Erdhaufen gezogen worden war, keinen schönen Anblick bot. Sie sprachen kaum ein Wort.

Als sie vor der Unglücksstelle standen, war die Leiche bereits abtransportiert worden. Die Polizisten weigerten sich, weitere Auskünfte zu geben, weil weder Waldo noch Prinz Verwandte von Mährlein waren – und auch die Tatsache, dass es Prinz' Nummer war, die sie angerufen hatten, konnte die Beamten nicht umstimmen. Prinz gab ihnen die Telefonnummer von Mährleins Tochter.

Waldo und Prinz gingen ein paar Schritte, bis der Strand wieder breiter wurde. Dann setzten sie sich auf zwei Felsbrocken und blickten aufs Wasser.

»Ralf Landgraf steckt dahinter«, sagte Prinz nach ein paar Minuten.

»Landgraf? Der Schwiegersohn?«, fragte Waldo irritiert. »Wohinter steckt Landgraf?«

»Hans hat sich mit Landgraf getroffen«, sagte Prinz. »Ich bin mir sicher. Darum hat er so rumgedruckst am Handy. Ich hab ihm immer geraten, er soll mehr Druck bei der Polizei machen wegen der Erpresserbriefe.«

Waldo runzelte die Stirn. »Die Klippe ist abgerutscht.«

Prinz sah düster auf das Meer vor sich.

»Glaubst du, Landgraf kann eine Klippe auf Kommando abrutschen lassen?«, fragte Waldo, aber Prinz antwortete nicht.

»Wir waren zusammen«, sagte er stattdessen nach ein paar Minuten.

Waldo verstand nicht. »Was?«

»Wir waren ein Paar.«

Waldo blickte Prinz überrascht an. »Ein Paar?«

Der Ältere nickte.

Langsam verarbeitete Waldos Gehirn die Information. »Ein Paar?«, wiederholte er.

»Ein Paar«, sagte Prinz. »So richtig. Mit Küssen und allem.«

»Aber ...«, Waldo war perplex. »Hans ist verheiratet; er hat eine Tochter und einen Sohn.«

Prinz lachte auf. »Was glaubst du, wie viele Schwule verheiratet sind und Kinder haben?«

Waldo schwieg.

»Wir waren noch nicht lange zusammen«, fuhr Prinz fort. »Ein knappes Jahr. Wir kennen uns tatsächlich seit der Schule. Ich fand ihn damals schon scharf.« Prinz räusperte sich. »Ich habe immer mit Männern zusammengelebt – seit der Studienzeit, aber vielleicht war das im Westen auch einfacher. Ach Quatsch, war es wahrscheinlich nicht. Hans jedenfalls hatte sein Coming-out erst vor Kurzem.«

»Und dann ist er zu Hause ausgezogen?«

»Ja. Nein. Ausgezogen ist er schon eher. Er lebt ja seit drei Jahren quasi den größten Teil des Jahres auf dem Campingplatz. Vor zwei Jahren sind wir uns über den Weg gelaufen. Ich machte zufällig hier Urlaub; mein Partner war gerade gestorben und ich suchte einen ruhigen Platz.«

»Seid ihr denn ..., wart ihr ..., ich meine, wart ihr offiziell ein Paar?«

»Was soll denn das heißen? Wir sind nicht von Wohnwagen zu Wohnwagen gegangen und wir haben auch nicht am Strand gelegen und geknutscht, wenn du das meinst.«

»Nee, 'tschuldigung, ich ...«

»Schon gut. Nein, wir waren nicht offiziell ein Paar. Ich

hätte kein Problem damit gehabt, ich hab mein ganzes Leben so gelebt, aber Hans war da ziemlich zurückhaltend.«

Waldo erinnerte sich wieder an den Ausgangspunkt ihres Gesprächs: »Und warum glaubst du nun, Ralf Landgraf hätte was mit Hans' Tod zu tun?«

Prinz atmete tief ein. »Ach, Scheiße, was weiß denn ich? Das Arschloch wollte Hans erpressen, wollte seiner Tochter erzählen, was ihr Vater so auf dem Campingplatz treibt.«

»Sie weiß nichts davon?«

»Nein.«

»Wieso nicht?«

»Hans wollte nicht, dass sie es erfährt. Genauso wenig wie sein Sohn. Ich habe ihm immer gesagt, dass er es ihnen erzählen sollte, wenn er nicht will, dass sie es irgendwann von einem anderen erfahren. Ich habe ihm sogar gesagt, dass er es erzählen *muss,* damit Landgraf, der Arsch, nicht auf dumme Gedanken kommt. Aber Hans war einfach noch nicht so weit.«

»Und seine Frau? Weiß die es?«

Prinz zögerte. »Dagmar? Ja. Ich glaube es jedenfalls. Ich habe sie nie kennen gelernt. Hans hat mir gesagt, er habe ihr reinen Wein eingeschenkt, aber manchmal war ich mir nicht sicher, ob er mich nicht einfach nur beruhigen wollte.«

»Wie alt ist Hans' Frau eigentlich?«

»Ähm ...«, Prinz überlegte. »Anfang sechzig, drei-, vierundsechzig oder so.«

Waldo nickte. Er stellte sich vor, wie es für eine Frau sein musste, wenn sie Anfang sechzig war und nicht für eine jüngere Frau verlassen wurde, sondern für einen älteren Mann.

Sie schwiegen eine Weile, dann blickte Prinz Waldo an. »Ich will wissen, wie Hans gestorben ist, hörst du? Ich will wissen, wie seine letzten Stunden abgelaufen sind. Ich will wissen, mit wem er zusammen war, und wenn er mit Landgraf zusammen war, dann will ich wissen, was die beiden geredet haben.«

»Und wenn er sich nicht mit Landgraf getroffen hat?«

»Finde es raus.«

Waldo war sich nicht sicher, ob das eine Bitte war oder ein Befehl.

Er war fast ein bisschen überrascht, wie nahe ihm der Tod von Hans Mährlein ging. In den wenigen Tagen, seit er ihn und Rüdiger Prinz kannte, waren die beiden ihm tatsächlich ans Herz gewachsen. Auf die Idee, dass sie schwul waren, wäre Waldo nie gekommen, aber das war auch herzlich egal. An den Abenden, an denen sie gemeinsam zusammengesessen hatten, hatten sie über Gott und die Welt diskutiert, ja, Waldo hatte irgendwann sogar angefangen, von Annette zu erzählen. Jetzt fiel ihm auf, dass vor allem Rüdiger Prinz mit großer Anteilnahme zugehört und von vielen eigenen unglücklichen Liebesgeschichten erzählt hatte. Hatte er, womöglich mit Rücksicht auf Mährlein, nie von einem Partner, Freund oder Lebensgefährten gesprochen?, fragte sich Waldo.

Für ihn waren Prinz und Mährlein einfach zwei quicklebendige, kluge, wache Köpfe gewesen, voller Freude am Leben und gänzlich ohne jeden Anflug von Verbitterung, wie man sie sonst oft bei älteren Menschen fand – nun war einer von ihnen tot.

Albert reagierte mit Erschütterung auf die Nachricht von Mährleins Tod. Als Waldo und Rüdiger Prinz auf den Campingplatz zurückkehrten – es war inzwischen früher Nachmittag –, lag er auf seiner Matte vor dem Zelt und las in einem Buch. Waldo erzählte ihm, was passiert war, während Prinz stumm dabeistand. Albert wurde blass, rappelte sich auf, stammelte unverständlich vor sich hin – und dann tat er etwas, womit Waldo nicht gerechnet hatte: Er ging auf Prinz zu und umarmte ihn. Prinz schien ebenfalls überrascht, aber er schien auch dankbar zu sein.

»Was für eine Scheiße«, murmelte Albert, nachdem Prinz gegangen war.

»Was für ein Urlaub«, sagte Waldo. Und nach einer Pause flüsterte er: »Die beiden waren ein Paar.«

Albert blickte sich um. »Wieso flüsterst du auf einmal?«

»Ich flüstere doch gar nicht«, flüsterte Waldo.

Albert legte die Stirn in Falten.

»Und was sagst du dazu?«, fragte Waldo, nun wieder etwas lauter.

»Wozu?«

Waldo stöhnte laut auf. »Mann! Dazu, dass die beiden ein Paar waren!«

»Hab ich mir gedacht.«

»Hast du dir gedacht?!«

»Ja, die sind doch total vertraut miteinander umgegangen.«

Waldo brummte. »Hab ich nicht gemerkt.«

Er war frustriert, schließlich war doch *er* der Privatermittler. Hätte seine Menschenkenntnis nicht gleich signalisieren müssen, wie der Hase lief? »Und woran hast du das gemerkt?«

»An den Augen.«

»Wie, an den Augen?«

»An den Augen merkt man das.«

»Was ist denn das wieder für ein Quatsch? Gucken Schwule anders oder wie?«

»Ja.«

Waldo schüttelte den Kopf. »Nun hör aber auf.«

»Was liest du da eigentlich?«, fragte er nach einer Pause, beugte sich zu dem in Leinen gebundenen Buch hinab und nahm es. *»Aus der Mitte entspringt ein Fluss?«*, sagte er überrascht.

Albert nickte.

Waldo blätterte in dem Buch, das reichliche Gebrauchsspuren aufwies. Auf vielen Seiten waren Sätze markiert oder Striche an den Seitenrändern. »Ich kenne nur den Film.«

Albert nahm ihm das Buch aus der Hand. »Der ist auch nicht schlecht, aber das Buch ist besser. Der Typ hält am

Schluss des Films die Rute ganz verkehrt.« Er hielt das Buch hoch. »Das lese ich immer, wenn ich angeln bin.«

»Echt?«

»Hätteste mir wohl nicht zugetraut, du Blödel, was?«

»Quatsch«, sagte Waldo, aber er fühlte sich ertappt. In Alberts Wohnung standen tatsächlich nicht gerade viele Bücher. Er versuchte, vom Thema abzulenken: »Hast du heute was gefangen?«

Albert setzte ein mürrisches Gesicht auf. »Nee.«

»Auf was biste denn gegangen? Sagt man das nicht so unter Anglern? Ich geh heute auf ... ähm ...«, Waldo machte eine vage Handbewegung, »... auf Pottwal. Oder auf Hammerfisch.«

»Verarschen kann ich mich selber«, moserte Albert. »Sag du mir lieber, was wir jetzt machen?«

»Was jetzt? Meinst du heute?«

»Ich meine, was wir überhaupt machen. Wegen Hans. Ich denke, Rüdiger will, dass wir die Sache unter die Lupe nehmen. Vor allem Hans' bekloppten Schwiegersohn. Wenn der Arsch die Erpresserbriefe geschickt hat, dann sollten wir ihn uns mal vorknöpfen.«

Waldo grinste in sich hinein. *Wir* sollen die Sache unter die Lupe nehmen? *Wir* knöpfen uns Landgraf vor? Er wusste, dass Alberts ›Wir‹ von zwölf bis Mittag dauern würde. Aber andererseits interessierte Waldo die Geschichte ja selbst. Er blickte nachdenklich in die Richtung, in der Mährleins Wohnwagen stand. »Abgemacht!«

Wenig später saßen sie wieder zu dritt in Prinz' Wohnwagen. Waldo notierte sich die Adressen von Mährlein und Landgraf. Landgraf wohnte in Wustrow und dort befand sich auch seine Firma; Mährlein – oder besser: seine Frau wohnte in Prerow. Waldo verspürte das unbestimmte Bedürfnis, ihr sein Beileid auszusprechen. Außerdem wollte er sich ein Bild von ihr machen.

Er wollte Albert gerade auffordern, mit ihm zu gehen, da fragte der, an Prinz gewandt: »Wollen wir mit dem Boot raus?«

Prinz zögerte nur einen kurzen Moment, dann nickte er.

»Ich dachte, wir wollten uns Landgraf vorknöpfen«, raunte Waldo Albert zu, während der ihn zum Auto begleitete, um seinen Angelkram zu holen.

»Eine Angelpartie wird ihm jetzt gut tun«, antwortete Albert.

Also setzte sich Waldo in seinen Wagen und machte sich allein auf den Weg. Eine Weile suchte er vergeblich den Deutschlandfunk, dann fuhr er rechts ran und griff sich eine Plastiktüte von der Rückbank. Albert hatte sie mit einem Tusch präsentiert, nachdem sie Halle hinter sich gelassen hatten und über eine vierspurige Bundesstraße in Richtung Autobahn gedüst waren.

»So, Junge, jetzt stell mal dein geistvolles Radiogequatsche aus«, hatte er gesagt. »Papa Albert macht jetzt schöne Musik, damit wir in Urlaubsstimmung kommen. Ich hab uns da was Feines zusammengestellt.«

»Komm mir jetzt bloß nicht mit deiner Frank-Zappa-Scheiße.«

Albert hatte schon eine Kassette in der Hand. »Du kennst Zappa überhaupt nicht!«, rief er empört.

»In meinem Auto läuft nicht Frank Zappa.«

»Du hast doch noch nie Zappa gehört!«

»Du hast mich letztes Jahr zu diesem komischen Zappa-Revival-Abend mit diesem Opa geschleppt. Das hat mir gereicht.«

»Opa«, sagte Albert verächtlich. »Das war Jimmy Carl Black, Junge.« Er nahm die Kassette aus der Hülle.

»Steck sie wieder rein«, sagte Waldo streng.

Albert hielt die Kassette in der einen, die Hülle in der anderen Hand. »Darf ich dir mal *ein* Stück vorspielen?«

»Wehe.«

»*Ein* Stück! Ich spiel dir nur *ein* Stück vor.« Er hatte die Hand mit der Kassette langsam in Richtung Radio bewegt, ohne Waldo dabei aus den Augen zu lassen. »*Ein* Stück.«

Waldo trat auf das Bremspedal. Das Auto holperte über den Seitenstreifen und kam zum Stehen.

Albert verdrehte die Augen, gab ein genervtes Stöhnen von sich, steckte die Kassette wieder in die Hülle und ließ sie geräuschvoll in die Tüte zurückfallen. »Toll«, sagte er dann, »die *Best of Village People* hab ich aber leider nicht eingepackt.«

»Schade.« Waldo gab wieder Gas.

»Zappa, Junge, Zappa! Weißt du eigentlich, dass Zappa magische Fähigkeiten hatte? Zappa hatte eine Stimme, die ist pure Erotik.«

»Ich will jetzt keine Erotik. Ich muss mich auf den Verkehr konzentrieren.«

»Mann, so was Stures ..., du hast eine totale Blockade, weißt du das?«

»Ja. Und ich bin stolz drauf.«

Albert fischte eine andere Kassette aus der Tüte. »Okay, dann das hier.«

»Was ist das?«, fragte Waldo grimmig.

»Überraschung.«

»Nix da«, sagte Waldo, aber Albert hatte die Kassette schon in den Schacht geschoben.

Ein paar Sekunden war nur das Motorengeräusch zu hören, dann dröhnte eine unglaubliche Kakophonie los, schrammelnde E-Gitarren, dazu hämmerndes Schlagzeug mit gefühlten dreihundert Beats pro Sekunde.

»Bist du Panne!«, brüllte Waldo.

Albert nahm die Kassette wieder aus dem Schacht. »Reingelegt!«, sang er. Dann quiekte er: »Dein Gesicht! Du müsstest dein Gesicht sehen!«, und brach in Gelächter aus. Er wühlte wieder in der Tüte und drückte die nächste Kassette in das Abspielgerät.

»Mach was Vernünftiges, sonst drehe ich um«, sagte Waldo jammernd. Im nächsten Moment hellte sich seine Miene auf. Aus den Boxen drang *Never going back again.*

»Fleetwood Mac«, rief Waldo und drehte die Musik lauter. »Mann, das hatte ich schon ganz vergessen! Weißt du eigentlich, dass ich mal in Stevie Nicks verliebt war?«

»*Dreams* kommt gleich danach«, erklärte Albert.

»Wow.«

Albert strahlte. »Markus«, sagte er pathetisch. »Du musst einfach lernen, mir zu vertrauen.«

Dann hatten sie gemeinsam mitgesungen.

Jetzt, auf dem Seitenstreifen, suchte Waldo die Kassette vergeblich, was vor allem daran lag, dass die meisten Hüllen nicht beschriftet waren.

Frustriert warf er die Tüte wieder auf den Rücksitz und fuhr weiter. Das Radio ließ er ausgeschaltet. »Dann mach ich's mir eben selbst«, brummte er und summte *Never going back again.*

Schon nach wenigen Minuten verstummte er. Er war auf dem Weg zu Landgrafs Firma. Aber, fragte er sich, ist Landgraf überhaupt dort? Wird er nicht eher seiner Frau beistehen? Und wird seine Frau nicht bei ihrer Mutter, bei Dagmar Mährlein sein?

Waldo ärgerte sich. Er hatte sich vorgenommen, Landgraf so richtig ranzunehmen. Er tastete nach den Erpresserbriefen, die Prinz ihm aus Mährleins Wohnwagen geholt hatte und die nun in der Innentasche seiner Jacke steckten. Egal, dachte Waldo, wenn Landgraf nicht da ist, knöpfe ich mir seinen Kompagnon vor, von dem Mährlein und Prinz erzählt hatten.

Dann schoss ihm ein neuer Gedanke durch den Kopf: Was war eigentlich mit dem alten Mann, der vor zwei Tagen erschlagen worden war? Kannte Egon Löblich Prinz und Mährlein? Nein, das hatten die beiden ja verneint. Gab es trotzdem eine Verbindung? Eine Verbindung vielleicht, von der auch Prinz und Mährlein nichts ahnten? Oder eine Verbindung, von der zumindest Rüdiger Prinz nichts ahnte? Wer wusste denn, wie aufrichtig Hans Mährlein gegenüber seinem neuen Lebenspartner gewesen war?

Dank Prinz' Beschreibung fand Waldo Landgrafs Firma am Ortsrand von Wustrow ohne Probleme. Sie residierte in einem jener hässlichen Bauten, die in den Neunzigern entstanden waren und deren Architektur für wenige Stunden wahnsinnig hip gewesen war. Jetzt war es eine zeitlose Architektur – eine zeitlos hässliche.

Auf dem Firmenparkplatz standen drei Autos: ein Mercedes, ein BMW und ein getunter, tiefer gelegter neongelber Opel Corsa. Als Waldo seinen alten – und mal wieder ziemlich verdreckten – Fiesta daneben stellte, vollendete das eine hübsche Reihe.

Eine große Werbetafel pries ein Bauvorhaben an; Waldo nahm an, dass es jenes war, von dem Mährlein erzählt hatte. Versprochen wurden traumhafte Luxusapartments und Luxuseigentumswohnungen in traumhafter Lage, direkt an der traumhaften Ostsee. Ein Plan zeigte die Lage der Grundstücke und Häuser – auf einigen war quer und in roten Buchstaben das Wort *verkauft* zu lesen. Waldo zählte achtmal das Wort *verkauft,* etwa ein Viertel des Angebots.

Er betrat das Gebäude und stand in einem antiseptischen Vorraum; viel Glas, die üblichen Pflanzen in Seramis-Erde.

Eine junge Frau blickte Waldo freundlich entgegen: »Was kann ich für Sie tun?«

»Ich würde gern zu Herrn Landgraf.«

»Haben Sie einen Termin?«

»Nein.«

Die Sekretärin runzelte die Stirn. »Und um was geht es?«

»Ich interessiere mich für eines der Häuschen.«

»Moment, ich schau mal, ob er Zeit hat.« Die Frau hob einen Telefonhörer ans Ohr: »Herr Landgraf, hier ist ein Interessent für ein Haus.«

Waldo blickte an sich herab und fragte sich, ob er mit seinen Jeans, die er seit fünf Tagen trug, tatsächlich den Eindruck eines finanzkräftigen Menschen vermittelte.

Die Frau legte den Hörer auf und wies auf eine der Türen. Waldo hatte sie noch nicht erreicht, da flog sie auf und Landgraf trat heraus. Ob er sich an unsere kurze Begegnung auf dem Campingplatz erinnert?, schoss es Waldo durch den Kopf. Andererseits ist er ziemlich sauer gewesen und hat mich gar nicht beachtet.

Waldos Befürchtung bestätigte sich nicht: Als Landgraf ihn erblickte, verschwand sein Lächeln für einen kurzen Moment, aber er knipste es schnell wieder an. Wichtige Regel: Nur nicht vom Äußeren gleich auf das Bankkonto schließen, dachte Waldo amüsiert.

»Womit kann ich dienen?«, fragte Landgraf, nachdem sie Platz genommen hatten. An den Wänden hingen zahlreiche Pläne und Architekturzeichnungen, aber auch ein paar Aquarelle von Landschaften am Meer.

Kann es sein, dass er noch nichts von Mährleins Tod weiß?, fragte sich Waldo. »Ehrlich gesagt, interessiere ich mich gar nicht für Ihre Luxushütten. Aber ich wollte Ihrem Mäuschen draußen nicht auf die Nase binden, dass ich wissen will, warum Sie Ihren Schwiegervater erpressen.«

Landgraf klappte die Kinnlade nach unten. »Wer sind Sie?«

»Und außerdem würde es mich interessieren, ob Sie sich darüber freuen, dass Sie mit dem Briefeschreiben aufhören können, oder nicht.«

»Spinnen Sie?! Was reden Sie? Wer sind Sie überhaupt?«

Waldo spürte Wut in sich aufsteigen und er wunderte sich fast darüber.

Das Telefon klingelte und Landgraf hob zerstreut ab. »Ja, stellen Sie durch«, sagte er, dann lauschte er eine Weile und

Waldo beobachtete, wie die Farbe aus Landgrafs Gesicht wich. Er hatte also noch nichts vom Tod seines Schwiegervaters gewusst.

»Wie?«, fragte Landgraf, dann sagte er: »O Gott«, und etwas später: »Ich komme sofort.«

»Sagen Sie mir jetzt verdammt nochmal, wer Sie sind«, befahl der Immobilienmensch, nachdem er aufgelegt hatte.

»Ihre Frau, nehme ich an.«

Landgraf verlor endgültig die Kontrolle. »WER SIND SIE?!«, brüllte er.

»Ich bin bloß eine Campingbekanntschaft Ihres verstorbenen Schwiegervaters.«

»Woher wissen Sie von den Briefen?«

Waldo ließ die Frage nachklingen, er konnte nicht umhin zu grinsen. »Das war die falsche Formulierung.«

Landgraf erhob sich. »Hauen Sie ab oder ich rufe die Polizei«, schnauzte er, während er zu einem Garderobenständer ging und sein Sakko nahm.

»Wann haben Sie Ihren Schwiegervater zuletzt gesehen?«, fragte Waldo.

»Von mir hören Sie kein Wort mehr.« Landgraf kehrte zu seinem Schreibtisch zurück, öffnete eine Schublade und kramte einen Autoschlüssel hervor.

Waldo stand langsam auf. »Sie haben heute früh mit ihm telefoniert.«

»Ich war heute früh bei seiner Frau«, sagte Landgraf und rauschte an Waldo vorbei.

»Langweiliger Einfall.« Waldo folgte ihm.

Landgraf trat an den Empfangstresen. »Ich muss sofort weg. Ein Todesfall in der Familie. Mein Schwiegervater. Rufen Sie die Polizei. Dieser Typ hier begeht Hausfriedensbruch. Und sagen Sie Kopsch Bescheid.« Dann lief er nach draußen.

Die junge Frau blickte Waldo ratlos an. Er versuchte ein verständnisloses Gesicht zu machen und zuckte die Schultern. »Also, so bin ich ja noch nie behandelt worden, wenn ich ein paar Millionen Euro investieren wollte«, sagte er mit gespielter Empörung. Er zeigte mit dem Finger auf die Sekretärin: »Sie hören von meinem Anwalt.« Dann folgte er Landgraf.

Der BMW war bereits verschwunden. Der getunte Opel ebenfalls, fiel Waldo ein paar Augenblicke später auf.

Als er selbst wieder im Auto saß, spürte er das Adrenalin. Er war geradezu euphorisiert. »Na, wenn der mal nicht die Hosen gestrichen voll hat«, rief er, lachte und trommelte auf dem Lenkrad herum.

Auf dem Weg zu Mährleins Frau legte sich Waldos Hochstimmung schnell. War es wirklich eine gute Idee gewesen, bei Landgraf reinzuplatzen und ihn mit wilden Beschuldigungen zu überschütten? Je länger er nachdachte, umso mehr zweifelte er an seiner Taktik, die ihm doch so brillant vorgekommen war, als er sich mit Albert in seine Wut auf Landgraf hineingesteigert hatte.

Es war klar, dass sich Landgraf auf direktem Weg zu seiner Schwiegermutter befand; es war klar, dass sich dort auch seine Frau aufhielt; und es war schließlich klar, dass Landgraf vollends ausrasten würde, wenn Waldo dort auftauchen würde – zumal Landgraf ja, streng genommen, immer noch keinen blassen Schimmer davon hatte, was Waldo eigentlich von ihm wollte.

Noch ein paar Minuten später war Waldos Stimmung komplett umgeschlagen. Frustriert schaltete er das Radio an, aber neben heftigem Rauschen waren nur vereinzelte Wortfetzen zu hören. Mit einem Fluch auf den Lippen drückte er auf die Taste, die den Sendersuchlauf in Gang setzte.

Nach ein paar Augenblicken ertönte eine fröhliche Stimme, unterlegt mit einem schnellen Rhythmus: »... laues Lüftchen, aber Vorsicht, Leute, die Ostsee ist immer noch sooo kalt ...« Eine zweite Stimme unterbrach die erste:

»Toll, Ronny, wir machen Raaadiooo, die Leute können nicht sehen, dass du mit dem Finger einen halben Zentimeter zeigst.« – »Ach ja, Knorki, das hatte ich ganz vergessen, du bist ein echter Schatz«, meldete sich die erste Stimme wieder und dann blökten beide los.

Waldos Finger schnellte auf die Aus-Taste.

Er musste nicht lange suchen. Eine Viertelstunde später rollte er die Straße entlang, in der Mährlein mal gewohnt hatte. Schmucke kleine Kapitäns- und Fischerhäuschen standen hier, viele mit geschnitzten Türen, die die Seeleute während der Winter bunt bemalt hatten, mit Blumen- oder Pflanzenmotiven. Die meisten Häuser waren mit den typischen rotbraunen Steinen verklinkert. Über den Eingängen standen oft Namen: *Haus Helga, Haus Sieglinde, Möwe.* Mährleins Domizil lag fast am Ende der Straße und stellte mit seinem strahlenden Weiß, den blauen Fensterrahmen und der etwas zurückgezogenen Lage etwas Besonderes dar.

In der Einfahrt erkannte Waldo Landgrafs BMW. Dahinter stand ein weiteres Auto. Der Wagen der Tochter, vermutete Waldo.

Er starrte eine Weile auf das Haus, dann entschied er sich zu warten. Landgraf würde nicht ewig dableiben, sagte er sich. Er würde seiner Frau ein bisschen das Händchen halten und seiner Schwiegermutter sein Beileid aussprechen, dann würde er sich wieder losmachen, weil er noch einen wichtigen Termin hatte. Hoffentlich.

Oder er ist doch nicht der eiskalte, unsensible Schrat, für den ich ihn halte, und er nimmt jetzt den ganzen Formalkram in die Hand, organisiert die Beerdigung und alles Drum und Dran und ordnet eine einwöchige Familientrauer an, während der niemand das Haus verlässt.

Waldo brummte unzufrieden, dann fuhr er bis ans Ende der Straße, parkte dort, nahm ein Buch vom Beifahrersitz und stieg aus. Hinter seinem Parkplatz begann ein sandiger

Fußweg, der erst durch ein Wäldchen und dann auf den Deich führte. Waldo spazierte hinauf – und als er oben angekommen war, geschah wieder das Magische: Sein Herz ging auf.

Der Wind zauste an seinem Haar; die Ostseewellen plätscherten träge ans Ufer; Möwen kreisten kreischend über den Köpfen der zahllosen Urlauber. Ins Wasser trauten sich allerdings nicht allzu viele. In ein paar hundert Metern Entfernung sah Waldo die Seebrücke – und erkannte auch eines dieser Bungeetrampoline, die inzwischen offenbar gesetzlich vorgeschrieben waren für ein Ostseebad.

Waldo lief noch ein paar Meter, dann ließ er sich im Sand nieder. Er nahm sein Buch und versuchte, sich auf den Inhalt zu konzentrieren, aber es gelang ihm nicht. Nach einer Weile merkte er, dass seine Augen über immer denselben Abschnitt flogen. Er las die Wörter ein ums andere Mal, aber wenn er den Satz zu Ende gelesen hatte, überkam ihn das Gefühl, er habe etwas überlesen, irgendetwas, eine Winzigkeit. Er sprang einen Absatz zurück und nahm sich vor, ganz langsam und sorgfältig zu lesen. Er blieb erneut stecken und las die immer gleiche Zeile wieder und wieder.

Es war eine eher neuere Macke und Waldo hätte nicht sagen können, seit wann er sie hatte, aber sie führte im schlimmsten Fall dazu, dass er manchmal auf der Straße stehen bleiben musste, um immer wieder irgendein bescheuertes Werbeplakat zu lesen. Es kostete ihn jedes Mal große Überwindung, wieder weiterzugehen.

Waldo beobachtete eine Weile die irrwitzigen Loopings eines bunten Lenkdrachens. Was will ich eigentlich bei Hans' Frau?, fragte er sich. Was kann sie mir erzählen? Wird sie überhaupt mit mir reden? *Herr Waldo! Schön, Sie kennen zu lernen, ich bin die Daggi, kommen Sie doch rein, nehmen Sie sich 'nen Keks, jaha, mein Mann, das war ein verrücktes Huhn, was? Nimmt sich einen älteren Lover und zieht sich auf einen Campingplatz zurück. Je oller, je doller, haha.* Waldo legte sich zurück und schloss die Augen. Die Schreie und Rufe der Urlauber verschwammen zu einem Rauschen und langsam dämmerte er weg.

Eine knappe Stunde später wachte er auf. Er spazierte zu Mährleins Haus zurück – und tatsächlich war der BMW wieder verschwunden. Also doch ein unsensibler Schrat, dachte Waldo, als er klingelte.

Mährleins Tochter öffnete. Ihre Augen waren verweint.

Waldo stellte sich vor: »Erinnern Sie sich? Wir haben uns heute früh getroffen. Ich bin mit einem Freund seit ein paar Tagen an der Ostsee und habe auf dem Campingplatz Ihren Vater kennen gelernt. Ich kam heute früh an der Klippe vorbei, kurz nachdem sie abgerutscht war. Es ist mir ein Bedürfnis, Ihnen zu sagen, wie leid es mir tut.«

»Oh.« Kerstin Landgraf wirkte ratlos.

»Darf ich einen Moment hereinkommen?«

»Ähm, das ist jetzt kein guter Moment ...«

»Nur ganz kurz«, unterbrach Waldo sie.

Überrumpelt trat Kerstin Landgraf zur Seite. Waldo folgte ihr ins abgedunkelte Wohnzimmer.

»Noch jemand von der Polizei?«, schnarrte eine Stimme vom Fenster. Waldo benötigte ein paar Sekunden, bis sich seine Augen an das Dämmerlicht gewöhnt hatten; dann erkannte er eine ältere Frau, die in einem Sessel direkt vor dem Fenster saß.

»Nein, Mutti, das ist Herr Waldo. Er hat Papa auf dem Campingplatz kennen gelernt und wollte uns sein Beileid aussprechen.«

Waldo trat mit ausgestreckter Hand an den Sessel heran, aber Dagmar Mährlein machte keine Anstalten, seine Geste zu erwidern.

Stille trat ein, dann erhob sich die Frau langsam aus dem Sessel. Sie war klein, höchstens eins fünfzig, schätzte Waldo. Er blickte in ein Gesicht, das voller Falten war. Hans Mährleins Frau wirkte nicht wie eine Frau von Anfang sechzig. Waldo hätte sie wenigstens zehn Jahre älter geschätzt. Ihre Gesichtszüge zeigten keinerlei Regung; ihre Augen schienen eiskalt.

»Was wollen Sie?«

Was für eine gruselige Person, dachte Waldo. »Wie gesagt, ich habe Ihren Mann kürzlich kennen gelernt und ich wollte Ihnen mein Beileid aussprechen. Außerdem war ich an der Unfallstelle. Kurz nachdem die Klippe abgerutscht sein muss.«

»Nehmen Sie doch Platz«, sagte die Tochter. Sie beachtete den missmutigen Blick nicht, mit dem die Mutter auf dieses Angebot reagierte. Der Blick verdüsterte sich noch mehr, als die Tochter entschied: »Ich koche mal Kaffee. Das wird uns beiden auch gut tun, Mutti.«

Kerstin Landgraf war noch nicht ganz aus dem Raum, da trat ihre Mutter an Waldo heran. »Wenn Sie was mit diesen furchtbaren Briefen zu tun haben, dann rate ich Ihnen, so schnell wie möglich wieder zu verschwinden«, zischte sie.

»Ich habe nichts mit den Briefen zu tun«, flüsterte Waldo schnell zurück. »Ich weiß von den Briefen, aber ich habe nichts damit zu tun.«

Dagmar Landgraf musterte Waldo erstaunt. Dann verdunkelte sich ihre Miene wieder. »Kein Wort gegenüber meiner Tochter über die … Neigungen meines Mannes, hören Sie?« Der Ton war scharf wie ein Set fabrikneuer japanischer Porzellanmesser.

»Kein Wort.«

»Was wollen Sie?«, fragte die Frau barsch.

»Ich bin ein Privatermittler aus Halle. Ich habe Ihren Mann und Herrn Prinz zufällig auf dem Campingplatz kennen gelernt. Herr Prinz will wissen, was Hans in den letzten Stunden seines Lebens gemacht hat. Er glaubt, dass Ihr Mann nicht allein auf der Klippe war.«

»Prinz? Was mischt dieses Schwein sich ein? Was geht ihn das an?«

Waldo ignorierte die Bemerkung. »Ihr Schwiegersohn sagt, er war heute Morgen bei Ihnen. Stimmt das?«

Dagmar Landgraf zögerte. »Das hat er behauptet? Wieso haben Sie ihn das gefragt?«

»Weil ich denke, dass er derjenige sein könnte, der Ihren Mann zuletzt gesehen hat.«

Dagmar Landgraf zögerte erneut. Dann sagte sie: »Ich habe den Vormittag mit meinem Sohn verbracht.«

Porzellangeklirr ertönte und Waldo drehte sich zur Tür. Kerstin Landgraf balancierte ein Tablett mit drei Kaffeetassen herein.

»Darf ich Sie später nochmal aufsuchen?«, sagte er leise zu der Witwe.

»Ich wüsste nicht, wofür das gut sein sollte.«

Waldo fingerte in seinen Sakkotaschen nach einer Karte und gab sie Dagmar Landgraf. Sie nahm sie und zerdrückte sie langsam in ihrer Hand.

Waldo trank seinen Kaffee hastig aus und verabschiedete sich. »Wenn es irgendwas gibt, was ich tun kann, sagen Sie es mir«, sagte er an der Tür zu Kerstin Landgraf. »Ich habe Ihren Vater zwar nur kurz gekannt, aber er war mir sehr sympathisch. Es gibt Menschen, denen fühlt man sich sofort verbunden.«

Kerstin Landgraf nickte. Ihre Augen füllten sich mit Tränen.

Als er im Auto saß, schaltete er sein Handy ein. Er fürchtete schon, dass es kein Netz finden würde, aber dann erklärte sich das Gerät mit drei kurzen Pieptönen bereit, Waldo mit dem Rest der Welt in Verbindung treten zu lassen. Waldo glaubte zwar nicht, dass Dagmar Landgraf sich melden würde, aber man konnte ja nie wissen.

Gemächlich fuhr er über die Landstraße in Richtung Zeltplatz zurück. Er war verwirrt. Wer hatte denn nun wen besucht an jenem Morgen? Wer hatte die Wahrheit gesagt – der bekloppte Schwiegersohn oder die steinharte Witwe?

Und vor allem: Warum log einer von beiden? ›Ich war mit meinem Sohn zusammen‹, hatte sie gesagt. Der Sohn – Hans Mährlein hatte ihn irgendwann abends mal erwähnt – lebte in Ahrenshoop und verdiente sein Geld als Künstler. Keramik, Landschaftsmalerei. »So Sachen findet man im Urlaub schön«, hatte Annette mal gesagt. »Hat man sie dann zu Hause rumstehen, fragt man sich, wieso man für das Zeug Geld ausgegeben hat.« Als sie das sagte, hatte Waldo gerade heimlich eine Keramikmöwe gekauft, die Annette so lustig gefunden hatte. Später hatte er überlegt, ihr das Tier quasi zur Trennung zu schenken, aber nun stand es auf dem Balkon seiner neuen Wohnung.

Auf dem Campingplatz fand Waldo weder Albert noch Prinz; offenbar machten die beiden immer noch Jagd auf Fische.

Das Handy vibrierte in Waldos Hosentasche. Das Display zeigte eine Nummer, die er nicht kannte, doch die Vorwahl verriet ihm, dass der Anrufer nicht allzu weit weg sein konnte. Hast du dir doch ein Herz gefasst, Daggi, dachte er. Er meldete sich.

»Guten Tag, hier ist Kerstin Landgraf. Sind Sie das, der eben bei uns war?« Ihre Stimme klang um einiges unfreundlicher als noch vor wenigen Minuten.

Waldo bejahte.

»Ich habe Ihre Karte im Müll gefunden.«

»Aha.«

»Meine Mutter sagt, Sie wollten rumschnüffeln.«

»Wie bitte?«

»Was sollte Ihr Besuch?«

»Ich sagte doch, ich wollte …«

»Kommen Sie mir nicht mit Ihrem Beileid!«, unterbrach sie ihn. »Haben Sie etwas mit den Briefen zu tun?«

»Nein!«, sagte Waldo bestimmt. »Es tut mir leid, wenn ich Sie …«

Die Leitung war unterbrochen.

Waldo blickte auf das Display. Kerstin Landgraf wusste also auch von den Erpresserbriefen. Na ja, dachte er, kein Wunder. Wenn Mährlein damit zur Polizei gegangen war, hatte er die Geschichte vermutlich auch seiner Familie erzählt – und erst recht denen, die ihm nahe standen. Wusste die Tochter dann vielleicht auch von den, wie Dagmar Mährlein es ausdrückte, Neigungen ihres Vaters? Und wenn nicht, wie lange wollte die Familie Kerstin Landgraf noch für dumm verkaufen? Oder war der Sohn ebenfalls ahnungslos?

Eines stand fest: Eine komische Sippe war das.

Kurz entschlossen schwang sich Waldo ins Auto und machte sich erneut auf den Weg zu Landgrafs Firma. Tatsächlich stand der BMW vor dem Gebäude.

Waldo hob den Finger zu einem lässigen Gruß, während er an der verdutzten Sekretärin vorbeimarschierte.

Landgraf entglitten die Gesichtszüge, als er von seinem Schreibtisch aufschaute und Waldo erblickte: »Sie schon wieder?«

Waldo setzte sich auf den Stuhl vor Landgrafs Schreibtisch.

Landgraf hob den Hörer ab. »Na, jetzt schlägt's dreizehn.«

»Warten Sie einen Moment«, sagte Waldo schnell.

»Was zum Teufel wollen Sie?!«

»Mich entschuldigen. Ich hätte vorhin nicht so forsch sein sollen …«

»Nicht so forsch?«, rief Landgraf entgeistert.

»… aber Sie müssen zugeben: Meine Idee, was den Urheber der Erpresserbriefe angeht, ist doch gar nicht so schlecht. Insofern sollten Sie sich den Anruf vielleicht nochmal überlegen.«

Landgraf ließ den Hörer auf die Gabel sinken. »Wollen Sie Geld?«

»Nein, ich will kein Geld. Ich will, dass Sie mir was erzählen.«

»Was soll ich Ihnen erzählen?«

»Eine Geschichte. Über Sie und Ihren Schwiegervater zum Beispiel.«

Man konnte förmlich sehen, wie Landgraf mit sich rang.

»Was sollte das mit den Briefen?«, insistierte Waldo.

»Ach, Mann, Scheiße!« Landgraf ließ sich in den Bürosessel fallen. »Das war völlig bekloppt! Weiß ich selbst. Ich hab ja aufgehört mit dem Mist. War aber auch nicht meine Idee!« Er beugte sich wieder vor. »Hören Sie, wenn Sie jetzt zur Polizei gehen, dann ...« Landgraf wusste augenscheinlich selbst nicht, was dann geschehen würde. »Wer sind Sie überhaupt?«, fragte er.

Waldo erklärte erneut, dass er als Urlauber an die Ostsee gekommen war, dass er Privatermittler aus Halle und rein zufällig in die Angelegenheit gerutscht sei – dabei ließ er seine Karte auf den Schreibtisch segeln. Und er erklärte, dass Rüdiger Prinz Klarheit über Mährleins letzte Stunden haben wollte. »Und ich will sie inzwischen auch.«

»Prinz, die alte Schwulette«, sagte Landgraf verächtlich. »Was mischt der sich überhaupt ein?«

»Das hat Ihre Schwiegermutter auch gesagt.«

Landgraf atmete geräuschvoll aus. »Hören Sie. Das mit den Briefen war eine Schnapsidee. Ich hatte ...«, Landgraf wedelte hilflos mit den Armen. »Ach, ich weiß auch nicht. Der Sturkopf wollte einfach nicht mitmachen, dabei ist das ein Projekt, das Millionen abwirft.«

»Aber vorher brauchen Sie ein paar Millionen.«

»Entschuldigung, aber Sie haben vermutlich keine Ahnung vom Immobiliengeschäft, was?«

»Ich wohne zur Miete.«

Landgraf verzog das Gesicht.

»Sie sagten, die Erpressung war nicht Ihre Idee. Wessen Idee war es dann?«

Landgraf zeigte mit dem Finger zur Tür. »Kopsch kam auf den Gedanken«, antwortete er matt.

»Ihr Partner?«

Landgraf nickte. »Er sagt aber mittlerweile auch, dass das eine Scheißidee war.«

Waldo dachte nach. »Ihre Schwiegermutter behauptet, sie habe den Vormittag gemeinsam mit ihrem Sohn verbracht.«

»Was?« Landgraf runzelte die Stirn. »Das stimmt nicht. *Ich* war bei ihr.«

»Und warum?«

Landgraf zögerte erneut. »Ich wollte sie nochmal bitten zu versuchen, ihren Mann von meiner Idee zu überzeugen.«

»Und?«

Landgraf machte eine wegwerfende Handbewegung. »Keine Chance. Sie redete ja nicht mal mehr mit Hans. Sie hasste ihn. Na ja, ist ja auch kein Wunder.«

»Sie wirkt tatsächlich nicht wie jemand, der in Trauer ist.«

»Ist sie auch nicht.« Landgraf stutzte. »Haben Sie sie besucht?«

»Sagte ich das nicht schon? Ich will wissen, was Mährlein in den letzten Stunden seines Lebens gemacht hat.«

Ein Lächeln erschien auf Landgrafs Gesicht – und Waldo wunderte sich wieder einmal darüber, was ein Lächeln aus einem Gesicht machen konnte.

»Stimmt. Das sagten Sie.« Landgraf starrte ein paar Sekunden aus dem Fenster. »Was soll aber Ihr Gerede von Hans' letzten Stunden?«

»Prinz nimmt an, dass Hans sich mit jemandem getroffen hat, bevor die Klippe abgerutscht ist.«

»Warum glaubt er das?«

»Weil er kurz vor dem Unglück mit Hans telefoniert hat. Und weil Hans ihm gesagt hat, er treffe sich gerade mit jemandem. Und weil Hans nicht verraten wollte, mit wem.«

»Und darum glaubt der paranoide Irre, dass Hans sich mit mir getroffen hat? Wegen der Briefe?«

»Möglich wär's ja.«

»Und ich habe dann die Klippe zum Einsturz gebracht, oder was?«

Waldo musste grinsen. »Erzählen Sie mir was von Dagmar Mährlein.«

»Was soll ich Ihnen da erzählen? Das können Sie sich doch wohl selbst ausrechnen, was es für sie bedeutet hat, dass ihr Mann sie für einen anderen Mann verlassen hat.«

»Und *Ihre* Frau?«

»Was ist mit meiner Frau?«

»Sie weiß nicht, dass ihr Vater schwul ist?«

»Nein.«

»Alle anderen wissen es offenbar.«

»Na und? Es soll ja auch Frauen geben, die nicht wissen, dass ihr Mann in der Gegend rumvögelt, während der ganze Ort drüber plaudert.«

»Vielleicht wollen diese Frauen es nicht wissen.« *Ich hatte es wohl nicht wahrhaben wollen:* Diesen Satz von frustrierten Frauen – und Männern – hatte Waldo in den vergangenen Jahren in der Tat mehrfach gehört.

»Kerstin weiß nichts, das können Sie mir glauben. Sie ist, na ja, sie ist ein bisschen naiv, was diese Dinge angeht.«

Es entstand eine Pause.

Dann sagte Landgraf: »Aber sie liebte ihren Vater abgöttisch. Und ich finde nicht, dass sie unbedingt erfahren muss, was er auf dem Campingplatz so getrieben hat.« Er blickte Waldo in die Augen. »Oder finden Sie, dass sie das wissen muss?«

Als Waldo wieder auf dem Campingplatz ankam, fand er Albert mit einem Krimi auf einer Bank, von der aus man einen Blick auf den Bodden hatte.

»Na, hast du dein Fischmörderbuch ausgelesen?«

»Das lese ich doch nur beim Fischemorden. Und du? Hast du was rausgekriegt?«

»Ja, dank deiner tatkräftigen Hilfe.«

»Und was?«

»Ist Prinz hier?«

»In seinem Wohnwagen.«

»Komm mit.«

Prinz ließ sie eintreten. Sie setzten sich an den kleinen Tisch und Waldo gab einen Kurzbericht seines Tages.

»Wenn Landgraf etwas erzählt, würde ich immer der anderen Seite glauben, egal, wer die andere Seite ist«, sagte Prinz, als Waldo von den widersprüchlichen Angaben Landgrafs und Dagmar Mährleins sprach.

»Schon klar, dass du eine schlechte Meinung von ihm hast, aber ...«

»Landgraf war vor der Wende erster Sekretär der FDJ-Kreisleitung.«

Waldo verzog das Gesicht. »Okay, aber geht die Gleichung ›Alle FDJ-Sekretäre lügen‹ wirklich auf?«

»Komm mir nicht mit der Verständnismasche!«, sagte Prinz wütend. »Ich weiß nicht, was Landgraf dir erzählt hat, aber er ist ein falscher Fuffziger. Genau die Sorte, über die Hans sich immer maßlos aufregen konnte. Vor der Wende dick drin, nach der Wende dick drin.«

»Ja, von der Sorte kenn ich auch ein paar«, knurrte Albert. »Ostbratzen!«

Waldo musste schmunzeln. Ostbratze – das war quasi das Abfälligste, was Albert für seine Landsleute bereithielt. Die Ostbratze, das war der ehemalige Funktionär, der entweder jetzt wieder irgendwo in Amt und Würden saß oder der jammernd den alten Zeiten nachtrauerte. Während die Ostbratze quasi der Superlativ war, war das Ostbrot der Komparativ. Ostbrote waren laut Alberts Definition noch halbwegs erträglich, ein bisschen zerrissene Individuen, die ein bisschen haderten mit der neuen Zeit: Ostbrote fanden nicht alles schlecht, was die Puhdys gemacht hatten, sie sprachen von der ›Kaufhalle‹ und manchmal rutschte ihnen das Wort ›Kollektiv‹ heraus. Und natürlich hatten sie die DDR immer schon scheiße gefunden. Waldo wunderte sich oft darüber, in all den Jahren, die er nun schon in Halle lebte, nicht einen einzigen Menschen getroffen zu haben, der sagte, dass er die DDR gut fand, damals. Der sagte, dass er mit sich und dem Staat, in dem er lebte, im Reinen gewesen war. Der sagte, dass er daran geglaubt habe, die Mauer werde tatsächlich noch in hundert Jahren stehen, wie Erich Honecker irgendwann mal ebenso großkotzig wie realitätsfern behauptet hatte. Andererseits war sich Waldo nicht sicher, was er selbst geworden wäre, wenn er in der DDR gelebt hätte: Ostbrot oder Ostbratze?

»Und Landgrafs Partner ist von der gleichen Sorte, nur in Grün«, sagte Prinz.

»Wieso?«, fragte Waldo.

»Großpleitier aus dem Westen, der von dort irgendwann verjagt worden ist und nun im Osten den Goldgräber spielt.«

»Westbratze«, sagte Albert.

»Erzähl«, bat Waldo Rüdiger Prinz.

Prinz berichtete, dass Landgrafs Partner, Kurt Kopsch, in Wiesbaden ein Immobilienhai erster Güte gewesen war. Er hatte sogar ein paarmal vor Gericht gestanden, weil er das Geld seiner Klienten pulverisiert hatte – aber verurteilt worden war er nie.

Albert schüttelte den Kopf: »Na, das ist ja wieder mal eine ganz aparte Nachwende-Allianz.«

»Morgen fahr ich zu Mährleins Sohn«, sagte Waldo, während er und Albert auf dem Weg zurück zu ihrem Zelt waren. »Das ist der Letzte im Bunde, den ich noch kennen lernen will.«

Albert stupste ihn in die Seite: »Horch mal.«

Aus einem Wohnwagen, den sie gerade passierten, drang laute Musik.

Albert blieb stehen: *»Santa Maria.«*

»Au weia, ich erinnere mich. Von Howard Carpendale.«

»Quatsch, Howard Carpendale. Roland Kaiser!«

»Ach ja, richtig. Ich hatte als Kind die Single. Aber nicht

die deutsche Version, sondern das Original ...«, Waldo überlegte. »Von wem war das noch gleich?«

Alberts Antwort kam wie aus der Pistole geschossen: »Oliver Onions.«

»Stimmt! Und auf dem Cover war eine Frau mit Riesenbrüsten. Ich glaube, das war die erste Nackte, die ich in meinem Leben gesehen habe.«

Sie lauschten. Roland Kaiser sang vom heißen, stolzen Blick und davon, dass irgendwo tief im Inneren eine Sehnsucht brannte.

»Ist ja ein ziemlich bescheuerter Künstlername«, sagte Waldo. »Die Zwiebel-Olivers. Oder hießen die wirklich so?«

»Pscht!«, unterbrach ihn Albert. »Gleich kommt die Stelle mit dem Schnitzelwagen.«

Waldo guckte Albert verständnislos an.

»Schnitzelwagen, ehrlich!«

»Was denn für ein Schnitzelwagen?!«

Statt zu antworten, rief Albert. »Jetze!« Dann sang er voller Inbrunst mit: »Santa Maria, den Schnitzelwagen, Santa Maria. Vom Mädchen bis zur Frau.«

»Schnitzelwagen?«

Albert grinste: »Hast du nicht gehört? Was singt er denn sonst?«

»Keine Ahnung, aber doch nicht *Schnitzelwagen.*«

»Doch, Mann, Roland Kaiser wurde damals erpresst. Und die Verbrecher zwangen ihn, in sein neuestes Lied das Wort Schnitzelwagen einzubauen.«

Waldo runzelte die Stirn.

»Als Codewort!«

Waldo verzog das Gesicht.

»Ehrlich! Um die Geldübergabe einzuleiten.«

»Du spinnst.«

»Pass off! Jetzt kommt der Refrain nochmal.«

Sie traten näher an den Wohnwagen heran. Waldo lauschte angestrengt.

Roland Kaiser sang und Albert sang leise mit: »Santa Maria, den Schnitzelwagen, Santa Maria …«

Waldo glotzte Albert an: »Das gibt's doch nicht.«

»Gibt's auch nicht.« Albert lachte. »Reingefallen!«

»Was denn jetzt?«

»Die Stelle heißt natürlich ›Santa Maria, *den Schritt zu wagen,* Santa Maria‹. Aber wenn dir jemand sagt, dass Roland Kaiser Schnitzelwagen singt, dann hörst du auch Schnitzelwagen. Hab ich mal gelesen in einem Buch über Wahrnehmungstäuschungen.«

»Schnitzelwagen.«

»Es gibt noch so eine Geschichte – und zwar über Pink Floyd. Bei denen soll im Lied *Another brick in the wall* der deutsche Satz ›Hol ihn, hol ihn unters Dach‹ auftauchen.«

»Und was hat's damit auf sich?«

»Pink Floyd hatten damals einen deutschen Tontechniker: Peter Fischer hieß der gute Mann. Aber dieser Peter Fischer verschwand spurlos, nachdem *The Wall* komplett eingespielt war. Wenig später bemerkte Roger Waters …«

» … einer von Pink Floyd?«

»Mann, ja! Er bemerkte Unregelmäßigkeiten auf dem Masterband. Statt ›All in all it's just a-nother brick in the wall‹ war jetzt ›Hol ihn, hol ihn unters Dach‹ und dann ›…nother brick in the wall‹ zu hören. Und wenig später wurde Peter Fischer gefunden.« Albert sprach jetzt, als lese er einer Grundschulklasse eine Geistergeschichte vor. »Und wo wurde er gefunden?«, hauchte er. »Auf einem Dachboden! Erhängt!«

Waldo schüttelte den Kopf. »Auch Quatsch?«

»Klar, Quatsch. Aber lustig. Sinnestäuschung. Zeigt, wie leicht wir alle zu manipulieren sind.«

Statt Roland Kaiser drangen nun die Flippers aus dem Wohnwagen.

Waldo blickte Albert an: »Eines muss man euch Campingfreunden wirklich lassen: Geschmack habt ihr.«

Albert zog ihn am Arm. »Los, schnell weg.«

Sie waren nicht weit gekommen, da schallte ein Ruf über den Platz: »Albert!«

»Ach je«, raunte Albert. Dann rief er fröhlich: »Hilde!«

Eine rundliche Frau mit wirrer Frisur schwankte auf Albert zu und drückte ihn fest an sich. Sie hatte eine blaue Strähne im Haar und trug ein T-Shirt mit *Franz Ferdinand*-Aufdruck.

»Seit wann bist du denn hier?«, fragte sie mit schwerer Zunge.

»Seit Montag«, antwortete Albert. »Aber wir haben uns doch schon gesehen.«

»Was?« Die Frau machte ein erstauntes Gesicht. Es gehörte nicht viel Scharfsinn dazu, um zu erkennen, dass sie ordentlich einen in der Krone hatte.

Waldo blickte dezent auf seine Armbanduhr – halb fünf nachmittags. Nicht schlecht.

»Und wer ist dein hübscher Begleiter?«, fragte Hilde und grinste Waldo mit glasigen Augen an. »Den hassu mir aber noch nicht vorgestellt, wa?«

»Das ist Markus«, sagte Albert und zwinkerte betont auffällig. »Vor dem musst du dich in Acht nehmen, Hilde, das ist ein Frauen mordendes Monstrum. In Halle nennt man ihn nur den Tiger.«

Hilde gackerte; Waldo guckte Albert streng an.

Albert stemmte die Hände in die Hüften. »Mensch, Hilde, hier ist ja was los auf eurem Zeltplatz.«

Hildes Blick trübte sich ein. »Ja, furchtbar, nicht wahr? Das macht mich ganz fertig.«

»Was war denn das?«, fragte Waldo, nachdem das Naturschauspiel vorüber war.

»Das war Hilde. Die Frau vom Chef. Herzensgute Seele. Aber leider immer besoffen.«

»Au weia.«

Sie blickten der Frau nach, die gerade über die Kante einer

Gehwegplatte stolperte. Als sie an einem der Waschhäuser vorbeischwankte, trat der mysteriöse Riese aus der Tür.

»Na toll, der nächste Bekloppte«, sagte Waldo.

Der Riese blickte nach links und rechts, dann marschierte er in Richtung seines kleinen roten Zelts.

»Ob der gerade erst aufgestanden ist?«

Albert zuckte mit den Schultern.

Waldo hielt eine Hand in die Luft. »Sag mal, fängt's jetzt auch noch an zu pieseln?«

Sie sahen nach oben. Vereinzelte feine Tröpfchen fielen vom Himmel.

»Na toll. Ist dein Zelt wenigstens wasserdicht?«

Albert blickte Waldo empört an. »Natürlich ist es das!«

Später am Abend hockten sie in ihrer Unterkunft – und Waldo wunderte sich darüber, wie laut es war, wenn der Regen auf die Plane pladderte.

»Bei dem Lärm kann doch keiner schlafen«, beschwerte er sich.

Albert warf ihm einen abschätzigen Blick zu. »Lärm? Junge, das ist Natur!«

Samstag

Das Erste, was Waldo am nächsten Morgen registrierte, war, dass er fror; das Zweite, dass der untere Teil seines Schlafsacks feucht war. Dort, wo seine Füße lagen, hatte sich über Nacht eine Pfütze gebildet.

Er rüttelte Albert wach. »Wasserdicht, was? Guck dir mal die Sauerei an.«

Verschlafen glotzte Albert ihn an. »Spinnst du? Was 'n los?«

Waldo richtete seinen Zeigefinger anklagend auf das Fußende des Zelts. »Es hat durchgesuppt. Mein Schlafsack ist klatschnass!«

»Das ist deine Schuld. Wahrscheinlich hast du dagegen getreten. Du hast die innere Zeltwand gegen die äußere gedrückt.«

»Was? Ich bin schuld? Also, entschuldige bitte, dass ich existiere!«, sagte Waldo empört.

Ächzend beugte Albert sich vor. »Bei mir ist alles trocken.«

»Du bist ja auch kleiner. Ich werde mich doch mal lang machen dürfen.«

»Mann, jetzt hör auf zu jammern. Das trocknet schon wieder.« Albert öffnete den Reißverschluss des Zelteingangs und kühle Luft strömte herein. Er atmete tief ein und aus. »Frisch geworden. Aber eine schöne Luft … hmmm«, machte er genießerisch. »Riech mal, wie es duftet.«

Waldo hatte sich gerade die nassen Socken von den Füßen gezogen und hielt sie sich an die Nase. »Wunderbar«, sagte er und warf sie zurück in die feuchte Ecke des Zelts.

Während Albert im Waschhaus war, registrierte Waldo mit einem Anflug von Genugtuung, dass sich in der Nacht keine weiteren Mückenstiche auf seiner Haut angesammelt hatten. Offenbar hatten die Viecher bei dem Regen auch keine Lust auf einen Ausflug gehabt.

Waldo hatte gut geschlafen – abgesehen von der inzwischen schon obligatorischen Unterbrechung irgendwann zwischen Mitternacht und drei Uhr früh, als der Riese rumgelärmt hatte. Waldo und Albert lagerten inzwischen nachts den Pfefferstreuer zwischen sich – die einzige ›Waffe‹, die sie auf die Schnelle gefunden hatten –, gedacht für den Fall, dass der Riese auf die Idee kommen könnte, der Mörder, von dem er immer faselte, liege im benachbarten kleinen grünen Zelt. Aber der Regen hatte diesmal auch ihn schnell in seine Behausung getrieben.

Waldo kramte nach seinen Sachen. Sie waren klamm. Frustriert tastete er seine Hose ab. Nie wieder würde er zelten!

Waldo zerrte seine feuchten Jeans über die Beine; er musste zum Auto gehen, um sich trockene Klamotten zu holen. Er schlug die Apsis des Zelts zurück – und bekam einen solchen Schreck, dass er einen Laut von sich gab und zurückzuckte. Direkt vor seinem Gesicht war ein anderes Gesicht, dunkle Augen, buschige Augenbrauen, ein Vollbart. Der Riese aus dem roten Zelt kniete vor dem Eingang und starrte Waldo an.

Waldo umfasste den Pfefferstreuer.

»Morgen«, sagte der Riese.

Waldo räusperte sich: »Ähm, ja, hallo.«

»Der Typ vom Zeltplatz sagt, du hast dich über mich beschwert?«

»Was? Ich?«

»Der Typ sagt, du hast gesagt, ich randaliere nachts rum.«

Waldo musste schlucken. Seine Hand umschloss den Pfefferstreuer fester. *Wenn du dich noch ein Stück weiter vorbeugst, schütte ich dir das Zeug in die Augen.* Er versuchte, dem Riesen über die Schulter zu blicken. Wo blieb Albert bloß? Immer wenn's eng wurde, saß sein Kumpel auf dem Klo. »Was? Ähm … na ja, Sie,« stotterte Waldo. »Sie rufen immer irgendwas. Nachts.«

»Ich rufe was?«

Waldo nickte. Er beruhigte sich und seine Hand umklammerte den Pfefferstreuer nicht mehr ganz so fest. Der Riese hockte zwar direkt vor ihm, aber er sah eigentlich nicht besonders feindselig aus. Eher etwas ratlos. Was Waldo irritierte, war die Stimme des Riesen. Sie war eher hoch und vor allem melodisch. Sie passte ganz und gar nicht zu dem hünenhaften Kerl. »Sie rufen etwas«, bekräftigte Waldo.

»Was rufe ich denn?«

»Sie schimpfen. Sie schimpfen mit jemandem.«

»Ich schimpfe? Mit wem?«

»Mit einem Unsichtbaren. Sie laufen um Ihr Zelt herum und reden auf jemanden ein. Na ja ...«

Der Mann glotzte Waldo weiter an. Dann sagte er: »Seltsam. Da weiß ich gar nichts von.« Er blieb noch ein paar Sekunden schweigend hocken, dann hob er die Hand zum Gruß, richtete sich auf und verschwand aus Waldos Blickfeld. Waldo beugte sich zum Zelt hinaus und sah ihm hinterher.

»Warst du nochmal bei dem Zeltplatzchef?«, zischte Waldo, als Albert wieder ins Zelt gekrochen kam.

»Gestern Abend.«

»Toll, jetzt denkt der Irre, *ich* hab ihn verpetzt. Der war eben hier.«

»Der war hier? Und was hast du gemacht?«

»Was glaubst du wohl? Ich hab ihn beim Kragen gepackt und ihm gesagt, wenn er noch einmal nachts rumbrüllt, dann hol ich meine große Schwester.«

Albert kicherte: »Jetzt sag doch mal.«

»Na, was soll ich ihm gesagt haben? Dass er nachts um sein Zelt schleicht und die Geister des Jenseits bedroht.«

»Und er?«

»Sagt, er weiß von nichts.«

Albert blickte zu dem roten Zelt. Nichts regte sich dort.

Waldo knetete seine Finger. »Scheiße, heute Nacht stapft der bestimmt um *unser* Zelt herum.«

»Bleib locker«, sagte Albert.

»Recht haste. Wir haben ja immer noch unseren Pfefferstreuer.«

Wenig später stand Waldo im Waschraum und summte *Santa Maria,* während er sich die Zähne putzte. Er beugte sich übers Waschbecken, um sich den Mund auszuspülen. Als er sich wieder aufrichtete und in den Spiegel blickte, erschrak er erneut. Hinter ihm stand der Riese.

Waldo drehte sich um und versuchte ein Lächeln.

Der Hüne grunzte etwas, was so viel heißen konnte wie »Guten Morgen« oder »Hau ab, du Arsch«. Waldo erwartete, dass der Riese die Zahnbürste zog und: »Dieser Waschraum ist zu klein für uns zwei, Pilger«, knurrte.

Stattdessen trat der Mann an das letzte Waschbecken in der Reihe und kramte in seinem Waschbeutel.

Waldo packte möglichst ruhig sein Zeug zusammen; er wollte vermeiden, dass es so aussah, als wolle er den Raum Hals über Kopf verlassen.

Der Riese drückte Zahnpasta auf seine Bürste, dann wandte er sich an Waldo. »Seid wohl nachts wach geworden, ja?«, sagte er mit seiner erstaunlichen Stimme.

»Na ja«, meinte Waldo.

»Tut mir leid. Wollte euch nicht wecken.«

Waldo machte eine wegwerfende Handbewegung. »Schon okay.«

Der Riese nickte und steckte sich die Zahnbürste in den Mund.

Am Vorabend hatten Waldo und Albert ausgemacht, gemeinsam Hans Mährleins Sohn sowie Kurt Kopsch, Landgrafs Kompagnon, aufzusuchen. Jetzt hatte Albert natürlich keine Lust mehr mitzukommen und so machte Waldo sich allein auf den Weg.

Als er an der Rezeption vorbeikam, trat Klaus Werner, der Campingplatzchef, aus der Tür und sprach Waldo an.

»Gab's heute Nacht wieder Ärger?«

»Ging so. Gebrüllt hat er zwar wieder. Aber nur kurz. Der Regen hat ihm vermutlich ein bisschen den Spaß verdorben. Haben Sie was Neues über den Mord gehört?«

Der Dicke schüttelte den Kopf.

Die beiden standen sich einige Sekunden schweigend gegenüber, dann fragte Waldo: »Darf ich mal blöd fragen: Sie sind wohl nicht von hier, was?«

Werner grinste. »Hört man das? Nee, ich bin aus Meißen, aber ich lebe schon seit Jahrzehnten in der Gegend. Meine Eltern sind in den Sechzigern an die Küste gekommen.«

Waldo nickte. »Um den Camingplatz zu eröffnen?«

»Nee, meine Eltern arbeiteten in einem FDGB-Ferienheim. Den Campingplatz habe ich nach der Wende übernommen. Das ganze Gelände war total runtergekommen, aber ich wusste sofort: Hier kann man was draus machen.«

»Aber ein Geheimtipp ist es immer noch.«

»Das soll auch so bleiben. Mir kommt die Galle hoch, wenn ich sehe, wie sie die ganze Küste zubauen mit Scheißferienhäusern. Die pressen aus der Ostsee raus, was nur geht.«

»Na ja, es gibt ja auch nicht groß was anderes als Tourismus«, sagte Waldo.

»Eben drum dürfen wir nicht an dem Ast sägen, auf dem wir sitzen.«

»Vermutlich stehen Sie ziemlich allein da mit Ihrer Meinung.«

»Pff«, machte Werner. »Kann mich nicht verbiegen. Was die Sturheit angeht, hab ich in den vergangenen Jahrzehnten viel gelernt von den Leuten hier. Außerdem bin ich im Gemeinderat nicht der Einzige, der so denkt.«

»Sie sind im Gemeinderat?«

Klaus Werner lächelte breit. »Ich bin Bürgermeister«, sagte er und in seiner Stimme schwang eine Portion Stolz mit. »Seit der Wende.«

Waldo war überrascht. Das hätte er dem dicken Mann nicht zugetraut.

»Aber wenn das mit den Klippenabstürzen so weitergeht, hat sich die Sache vielleicht eh schon bald erledigt«, sagte Werner ernst.

Waldo nickte. »Man könnte glauben, dass die ganze Ostseeküste in Bewegung ist. Erst die Wissower Klinken in Rügen …«

»*Auf* Rügen«, unterbrach ihn der Dicke. »Aber Sie haben Recht: Die Ostseeküste *ist* in Bewegung – bloß: nicht erst seit gestern. Wir nennen das Küstendynamik. Der Absturz der Klinken war doch nur mal was, was alle wahrgenommen haben, weil sich die Medien draufgestürzt haben. Und als dann ein paar Wochen später noch ein Küstenstreifen abgerutscht ist, hat es auch der letzte Depp gemerkt. Obwohl, ein paar Bekloppte haben sich gleich nach dem Absturz mit Hämmerchen und Schäufelchen auf den Weg gemacht.«

Waldo blickte Werner fragend an.

»Die wollten Fossilien finden«, sagte der Campingplatzchef mit fast schon triumphierendem Ton. »Übrigens hat Caspar David Friedrich gar nicht die Wissower Klinken gemalt.«

»Sondern?«

»Der hat sein Bild an einer anderen Stelle gemalt, ein paar Kilometer nördlich von der Victoriasicht. Waren Sie schon mal auf Rügen?«

Waldo nickte. O ja, mit Annette, Herr Werner, dachte er. Das ist meine Exfreundin, tolle Frau. Stattdessen fragte er: »Warum sind die Klinken eigentlich abgestürzt?«

»Bis zu einem gewissen Grad ist das der Lauf der Natur. Frost im Winter, in den Poren des Bodens sammelt sich Wasser, das Wasser gefriert und presst den Stein auseinander. Der Boden wird schlabbrig, im Frühjahr kommen Wind und Regen, dazu die Dünung, und die Kreide verwandelt sich in eine regelrechte Schmierschicht. Der Druck auf den Hang wird immer größer, bis es irgendwann abwärts geht. Risse in den Kreideschichten gibt es ja schon lange. Und einen großen Abbruch hatten wir bereits 1999.«

»Und wieso ist das dann nur bis zu einem gewissen Grad die Natur?«

»Schon vor hundert Jahren hat man am Fuß der Steilküste Findlinge weggeschleppt, um Straßen oder Molen zu bauen. Die fehlen jetzt natürlich, um der Steilküste Halt zu geben. Ein schönes Beispiel für das lange Gedächtnis der Natur, finden Sie nicht auch?«

Waldo nickte beeindruckt.

Werner war nun richtig in Fahrt. »Außerdem haben wir fleißig den Boden versiegelt, das Wasser sammelt sich und fließt irgendwo in den Sand. Die Rache kommt. Immer. Manchmal dauert es – aber die Rache kommt.« Der Campingplatzchef zuckte mit den Achseln. »An einer anderen Stelle auf Rügen ist ein paar Wochen nach dem Absturz der Klinken ein weiterer Küstenstreifen abgerutscht. Direkt in den frisch sanierten Hafen. Wusch! Jetzt gucken alle blöde. Und haben Angst, dass ihre teuren Touristen wegbleiben.«

»Darf man denn so nah an der Küste bauen?«

»Inzwischen sind natürlich alle vorsichtig geworden. Auch hier. Vor ein paar Jahren wurden Häuser errichtet, die stehen jetzt nur noch zwanzig Meter vor der Klippe. Der Schwiegersohn vom Hans will seine Wellnessklötze trotz allem möglichst nah ans Wasser setzen. Soll er machen, dann hat er bald kostenlos einen Swimmingpool in seinen Buden.«

»Sie kennen das Projekt?«

»Ich lebe hier, Mann. Und ich bin Bürgermeister. Mährleins Schwiegersohn hat die Pläne mal im Gemeinderat vorgestellt«, sagte Werner mit einem Anflug von Empörung in der Stimme.

»Hat Hans davon erzählt?«

Werner schüttelte den Kopf. »Hab mit ihm nicht groß drüber geredet. Wusste aber, dass er den Plan scheiße findet ... Schon schlimm, was mit Hans passiert ist.«

Einen Moment blieb es still.

»So spektakuläre Abstürze wie auf Rügen gibt es hier nicht«, sagte Waldo dann.

»Nee, aber das Grundproblem bleibt: Die Ostsee holt sich auch bei uns Land zurück. Das passiert vor allem im Frühjahr und im Herbst, wenn es stürmt. Ohne die Wellenbrecher sähe es noch schlimmer aus. Und wir bepflanzen die Dünen. Schön mit Dünengras – das dann von den Touris gleich wieder runtergetrampelt wird. Na ja, ist ein Problem der ganzen Küste: Waren Sie mal auf Hiddensee?«

Waldo nickte. »Sogar mit Farbfilm.« *Und mit Annette, Herr Werner, das ist meine Exfreundin, tolle Frau.*

Werner kratzte sich am Bauch. »Wenn man den schmalen Ostseestreifen zwischen Hiddensee und Rügen nicht regelmäßig ausbaggern würde, könnten Sie längst trockenen Fußes von Schaprode zum Dornbusch wandern. Hier auf dem Darß wird der Sand weiter oben wieder angeschwemmt. Hinter dem Leuchtturm. Waren Sie mal da?«

»Glaube nicht.«

»Ist ja auch egal. Spektakulär sind die Klippenabstürze bei uns, wenn, wie jetzt, einer der alten Bunker gleich mit ins Meer rauscht.«

Waldo überlegte. »Was meinen Sie, kann man einen Klippenabsturz künstlich herbeiführen?«

Werner guckte irritiert. »Künstlich?«

»Schon gut.«

Nach ein paar Sekunden stellte Werner fest: »Jetzt haben Sie ja doch noch einen Auftrag, was?«

»Wieso?«

»Na, der alte Prinz hat Sie doch gebeten, Mährleins Tod unter die Lupe zu nehmen.«

»Woher wissen Sie das?«
»Mann, ich lebe hier.«

Während Waldo den Radweg am Bodden entlangradelte, sang er leise immer wieder den Roland-Kaiser-Refrain: »Santa Maria, den Schnitzelwagen, Santa Maria …«

Verdammt, er bekam das hirnrissige Lied nicht mehr aus dem Kopf.

Mährleins Sohn wohnte in Ahrenshoop, jenem Ort, der in Reiseführern stets als Künstlerkolonie beschrieben wird; Prinz hatte Waldo mit der Adresse und einer Wegbeschreibung versorgt.

Die Wolkendecke war inzwischen wieder aufgerissen und ab und zu kam die Sonne durch. Den Wind im Rücken erreichte Waldo nach kurzer Zeit sein Ziel. Er bog in eine Nebenstraße ab und kurvte eine Weile langsam über ungeteerte Wege, die rechts und links von hübschen Häuschen flankiert wurden, mit prächtigen Reetdächern und roten Klinkern. Die Bäume und Sträucher quollen über von Blüten, und Waldo ging erneut das Herz auf. Aber wie immer, wenn er so viel Idylle sah, fragte er sich, was hinter den Mauern vor sich ging. Auch Mährlein hatte schließlich in solch einem prächtigen Haus gewohnt – und es irgendwann gegen einen Wohnwagen eingetauscht, um mit seiner großen Liebe glücklich zu werden.

Mährleins Sohn wohnte in einem großen reetgedeckten Fachwerkhaus. Das Dach war mit Moos überzogen. An der Straße lud ein Holzschild mit der Inschrift *Kunst und Keramik* Kundschaft zum Besuch ein, über der Schrift war ein gelbes Gefäß eingeritzt, unter der Schrift ein blauer Fisch. Vor dem Haus waren zahlreiche Kunstgegenstände platziert, außerdem alte Fischernetze und Reusen, ein vergammelter Sattel, eine olle Milchkanne, Schaufeln und andere Gartengeräte, ein verrostetes Stahlgestell, an dem Blumentöpfe angebracht waren.

Waldo schloss sein Rad ab und ging auf ein großes Tor zu, neben dem das blau-weiße Denkmal-Schild hing. *Geöffnet* war auf einem weiteren kleinen Holzschild zu lesen.

Waldo trat ein und stand in einer umgebauten Scheune. An den Wänden hingen bis hoch unters Dach Gemälde, vorzugsweise Landschaften mit viel Sand und Meer, ein Dreimaster in schwerer See, kleine Fischerboote, die am Strand lagen. Waldo fiel auf, wie oft er schon auf Bilder von am Strand liegenden Fischerbooten gestoßen war – in natura hatte er so eine Szene noch nie gesehen.

Nach rechts ging es in einen kleineren Raum. Auch hier hingen ein paar Bilder. Vor allem aber standen Regale an den Wänden und auf den Regalen lagerten Töpferwaren: Teller, Tassen, Becher, Krüge, Platten, dazwischen Tiere aus Ton, ulkige Möwen mit krummen Beinen, kleine Schweinchen, dicke Wale und immer wieder Fische.

Waldo hörte Schritte und drehte sich um. Ein Mann stand hinter ihm. Im Gesicht einen gestutzten Vollbart und ein freundliches Lächeln.

»Kann ich Ihnen helfen?«

»Sind Sie der Besitzer?«

Der Mann nickte.

»Und die Sachen haben alle Sie gemacht?«

»Nicht alles. Die Tonsachen da hinten in den beiden Regalen sind von mir. Und ein paar der Bilder hier vorn am Eingang.« Der Mann zeigte mit dem Daumen über seine Schulter. »Die anderen Arbeiten stammen von Künstlerkollegen. Sind aber überall Schilder dran.«

Waldo trat an ein Regal heran. In Augenhöhe befand sich ein kleines Schild. *Helmut Mährlein* stand darauf. *Geboren 1958, Studium an der Hochschule für industrielle Formgestaltung, Halle, seit 1985 als freischaffender Künstler tätig.*

»Sie haben an der Burg in Halle studiert«, sagte Waldo überrascht.

»Die kennen Sie wohl?«

»Ich wohne in Halle. Das ist doch jetzt die Hochschule für Kunst und Design, oder?«

Der Mann nickte erneut.

Waldo zögerte einen Moment. »Herr Mährlein, Ihr Vater ist kürzlich gestorben, nicht wahr?«

Helmut Mährlein zog die Augenbrauen hoch.

Die Klingeln über dem Scheunentor schlugen an. Im nächsten Moment war eine Kinderstimme zu hören. »Manno! Und wie lange wollt ihr hier rumgucken?!«

»Jetzt halt endlich mal den Rand«, antwortete eine Männerstimme. »Du nervst mit deinem ewigen Gequengel.«

Der Junge gab ein lang gezogenes Stöhnen von sich.

In Waldos und Helmut Mährleins Blickfeld tauchten ein älterer Mann, eine deutlich jüngere Frau und ein vielleicht sechsjähriger Junge auf. Der Mann und die Frau grüßten, Waldo und Helmut Mährlein grüßten zurück; der Junge blieb stumm.

Waldo wandte sich wieder Mährlein zu. »Kann ich Sie einen Moment sprechen?«

»Kommen Sie mit.« Mährlein drehte sich um. »Melden Sie sich, wenn ich Ihnen helfen kann«, sagte er zu der Familie.

Waldo folgte Mährlein durch die Scheune, vorbei an einem Stuhl, auf dem ein Schild mit dem Wort *Privat* stand, zu einer Tür, die in ein Zimmer führte, das offenbar Mährleins Arbeitsraum war. In einer Ecke stand eine Töpferscheibe; an einer anderen Wand lagen in Plastik verpackte Tonklumpen; auf Regalen warteten zahlreiche Teller und Tassen darauf, bemalt, glasiert oder gebrannt zu werden; eine feine Staubschicht färbte den Boden weiß.

Mährlein bot Waldo einen Stuhl an. »Wer sind Sie?«, fragte er, nachdem sie sich gesetzt hatten.

Waldo erklärte Helmut Mährlein, wie und wo er dessen Vater kennen gelernt hatte und dass Rüdiger Prinz wissen wollte, mit wem Hans Mährlein sich getroffen hatte, als die Klippe abstürzte. Während er erzählte, blieb Helmut Mährleins Gesichtsausdruck undurchschaubar. Manchmal dachte Waldo, ein leicht spöttisches Lächeln erkennen zu können; einmal kniff Mährlein die Augen leicht zusammen. Als Waldo bei den widersprüchlichen Aussagen von Dagmar Mährlein und Landgraf angekommen war, meldete sich Helmut Mährlein erstmals zu Wort. »Ralf sagt, er war bei meiner Mutter, und meine Mutter sagt, sie war mit mir zusammen?«

Waldo nickte.

»Ist ja kurios.«

»Was stimmt denn?«

»Hm ...« Mährlein wiegte den Kopf hin und her. »Was meine Mutter sagt.«

Die Klingel des Scheunentors war gedämpft zu hören, aber Mährlein machte keine Anstalten nachzusehen, ob neue Kundschaft gekommen war.

»Sie wirken sehr gefasst angesichts des Todes Ihres Vaters«, stellte Waldo fest.

Mährlein rückte sich auf seinem Stuhl zurecht, dann schlug er ein Bein über das andere. »Herr Waldo, ich kenne Sie nicht und ich habe auch keine Lust, meine Familiengeschichte vor Ihnen auszubreiten. Aber Sie sind ja offenbar schon ganz gut informiert über die, nun ja, späten Neigungen meines Vaters ...«

»Die Sie missbilligen?«, unterbrach ihn Waldo.

Mährlein junior hob die Hände. »Überhaupt nicht! Der Punkt ist, Herr Waldo: Meine Familie ist mir scheißegal. Der Kontakt zu ihr ist aufs Nötigste begrenzt.«

»Warum haben Sie so ein schlechtes Verhältnis zu Ihren Eltern?«

»Ich habe kein *schlechtes* Verhältnis zu ihnen, ich habe *gar kein* Verhältnis zu ihnen. Meine Eltern, sowohl mein Vater als auch meine Mutter, haben immer kritisiert, dass ich Künstler werden wollte. Mein Vater hätte mich gerne als Nachfolger in seiner Firma gesehen; meine Mutter findet, dass Kunst eine brotlose Kunst sei – womit sie ja im Übrigen Recht hat. Ich habe dafür umgekehrt ihre Art zu leben schon früh verachtet. Dass mein Vater auf seine alten Tage noch einen Rappel gekriegt hat, einen auf unabhängig machte und sich einen Lover zulegte, amüsiert mich einerseits, andererseits finde ich es erbärmlich.«

»Wieso erbärmlich? Es gehört doch eine Portion Mut dazu.«

Der Sohn grinste zynisch. »Stimmt! Es gehört wirklich Mut dazu, seine Frau für einen Älteren sitzen zu lassen und sie dem Gespött der Nachbarschaft preiszugeben.«

»Ich habe Ihren Vater als sehr sympathischen Menschen kennen gelernt.«

Helmut Mährlein machte eine abwehrende Handbewegung. »Ja, ja ... Wie gesagt, Herr Waldo, mir steht nicht der Sinn danach, unsere Familiengeschichte vor Ihnen auszubreiten. Vielleicht ist es doch etwas anderes, jemanden seit ein paar Urlaubstagen zu kennen oder jemandem ein paar Jahrzehnte auf Gedeih und Verderb ausgeliefert zu sein.«

»Sie sagten, das Verhältnis zu Ihren Eltern sei quasi zerrüttet. Warum haben Sie sich dann mit Ihrer Mutter getroffen?«

Helmut Mährlein setzte wieder sein spöttisches Lächeln auf. »Warum ich sie getroffen habe?« Der Künstler überlegte. »Vielleicht weil sie eine gebrochene Frau ist? Wäre das ein Grund für Sie?«

Ein paar Sekunden war es still.

»Darf ich Ihnen noch eine Frage stellen?«

Helmut Mährlein nickte.

»Warum sind Sie damals, nach dem Studium, an die Ostsee zurückgekehrt? Hatten Sie nicht das Bedürfnis, eine größere räumliche Distanz zwischen sich und Ihre Familie zu legen?«

Helmut Mährlein machte eine allumfassende Geste. »Ich liebe die Gegend hier. Ich kann ohne das Meer nicht sein. Auf dem Deich geht mir das Herz auf.«

»Das verstehe ich gut.« Waldo lächelte.

Auch Helmut Mährlein lächelte nun, dann verdüsterte sich sein Gesichtsausdruck wieder. »Und Distanz ist nicht nur eine Frage von Kilometern.«

Die Klingel über dem Scheunentor ertönte erneut.

Helmut Mährlein erhob sich. »Würden Sie mich jetzt entschuldigen?«

Als er wieder vor der Kate stand, berührte Waldo eine Weile gedankenverloren die Spitzen des Holzzauns; mit Daumen und Mittelfinger der rechten Hand tippte er immer auf zwei Bretter gleichzeitig. Langsam ging er die Straße entlang, bis er das Ende des Zauns erreicht hatte. Hundertdreiunddreißig Holzstäbe, was für eine unangenehme Zahl, mit zwei Dreien; Waldo versuchte, hundertdreiunddreißig durch zwei zu teilen, aber er konnte sich nicht konzentrieren. Er tippte einen Holzstab auf der Reihe an, die von der Straße wegführte – hundertvierunddreißig, das war auch nicht viel besser, zwar war es eine gerade Zahl, aber wenn man sie durch zwei teilte, kam siebenundsechzig heraus. Siebenundsechzig – ungerade. Ein Schauder lief Waldos Rücken hinab. Er schlenderte zurück und tippte diesmal mit Daumen und Mittelfinger der linken Hand auf die Bretter. Weil er aber das hundertvierunddreißigste Brett des Hinwegs nicht angetippt hatte, kam er erneut auf hundertdreiunddreißig Bretter. »Idiot«, murmelte er, dann lief er zurück ans Ende des Zauns und berührte noch einmal das hundertvierunddreißigste Holzstück. Als er sich wieder umdrehte, öffnete sich das Scheunentor und die Familie trat ins Freie.

»Und jetzt?«, fragte der Junge in nöligem Ton und blieb stehen.

Seine Eltern ignorierten ihn und marschierten los.

»Manno!«, schrie der Junge gedehnt und ließ sich auf den Boden fallen.

Die Eltern traten auf die Straße und blickten Waldo an, dann wandten sie sich in die andere Richtung.

»Manno!«, kreischte der Junge erneut, blieb noch ein paar Sekunden sitzen, sprang dann aber auf und lief seinen Eltern hinterher.

Waldo zwang sich, Abstand vom Zaun zu halten; es gelang ihm, sein Fahrrad zu erreichen, ohne ein weiteres Mal seinem Berührungszwang nachzugeben; er entriegelte das Schloss und schwang sich auf den Sattel.

Und nun? Konnte er es Helmut Mährlein verdenken, dass dieser ihm nicht seine Lebensgeschichte auf dem Silbertablett dargeboten hatte? Er würde Annette anrufen, überlegte sich Waldo. Sie bitten, im Archiv nach Informationen über Landgrafs Kompagnon, diesen Kopsch, zu suchen; wenn der Typ in Wiesbaden krumme Geschäfte gemacht und vor Gericht gestanden hatte – vielleicht konnte Annette irgendwas darüber finden. Außerdem: Einen besseren Vorwand, um ihre Stimme zu hören, gab es nicht.

Waldo stoppte, zückte sein Handy und wählte ihre Durchwahl in der Redaktion. Es klingelte, aber niemand nahm ab. Das war seltsam. Selbst wenn sie unterwegs war: Irgendjemand griff immer zum Hörer; schließlich saß Annette nicht allein im Büro. Erst als er die Leitung unterbrochen hatte, fiel ihm ein, dass Samstag war. An diesem Tag war die Redaktion verwaist. Waldo staunte, wie schnell er die Zeit vergessen hatte.

Er drückte im digitalen Telefonbuch seines Handys auf Annettes Namen und betrachtete eine Weile die drei Nummern, die das Gerät anzeigte: dienstlich, Mobiltelefon, privat. Er zögerte einen Moment, dann wählte er Annettes private Nummer.

Sein Herz machte einen Satz, als sie sich meldete.

»Grüß dich, ich bin's.«

»Hallo, Markus.« Sie klang erfreut.

»Du, ich bin an der Ostsee.«

»An der Ostsee!«, wiederholte sie überrascht.

»Ja, mit Albert. Wir zelten.«

»Ihr zeltet?! Unverschämtheit! Mit mir wolltest du nie zelten.«

»Ich weiß jetzt auch, warum.«

Sie lachte.

Dann erzählte ihr Waldo in groben Zügen, was sich in den vergangenen Tagen ereignet hatte.

»Das wird aber erst am Montag was«, sagte sie, nachdem er seine Bitte losgeworden war. »Ich hab zwar Wochenenddienst, aber keine Lust, früher als nötig in die Redaktion zu dackeln.«

»Nee, nee«, beschwichtigte Waldo sie. »Montag reicht.« Er war ein bisschen enttäuscht, dass sie sich weigerte, ihm den Gefallen sofort zu tun. Wenn du mich lieben würdest, würdest du sofort in die Redaktion dackeln, dachte er und fand diesen Gedanken im nächsten Moment selbst albern. Das war ja sein Problem: Sie liebte ihn nicht mehr.

Sie einigten sich darauf, dass sie ihn am frühen Montagnachmittag anrufen würde. Annette wünschte ihm noch schöne Tage und dann stand Waldo wieder allein auf der staubigen Straße.

Er radelte zur Hauptstraße von Ahrenshoop zurück und schloss sein Fahrrad an einem Laternenmast an. Dann spazierte er los und bog in die erstbeste Seitenstraße ein, die Richtung Strand führte. Er passierte ein hässliches, flaches, leer stehendes Gebäude, von dem ein vergilbtes Schild behauptete, dass darin einst eine *Strand-Boutique* untergebracht gewesen war, und eine Gruppe Frauen, die vor Staffeleien standen und eine Kate malten. Er stieg eine Holztreppe hinauf, und als er oben war, sah er vor sich die Ostsee liegen. Zahllose Menschen lagen im Sand, andere schlenderten den Strand entlang. Er zog Schuhe und Strümpfe aus und stapfte bis ans Wasser. Waldo wandte sich nach links und spazierte langsam durch die ausplätschernden Wellen. Er blinzelte in die Sonne – dann stutzte er. Sein Blick war auf drei windschiefe Bäume gefallen, ein paar Meter weiter, am Ende eines

Hügels, war ein Restaurant – und als Waldo es sah, spürte er einen Stich im Magen.

»Das kenne ich doch«, murmelte er. Da oben hatte er schon mal mit Annette gesessen. Ein wunderbarer Platz. Er blickte sich um. Na klar, sie waren mit dem Fahrrad unterwegs gewesen und vor ihnen hatte sich eine schwarze Wolkenwand aufgebaut. Draußen auf der Ostsee hatte man schon den Regen sehen können, in Form langer, dünner Schnüre, die von der Wolke herabhingen. »Wir müssen uns unterstellen«, hatte er Annette zugerufen, aber sie hatte geantwortet, es sei nicht mehr weit, und er war hinter ihr hergeradelt, eine Anhöhe hinauf, schnaufend, und er hatte leise vor sich hin geflucht: »Wir werden klatschnass, schöner Mist, wieso will sie sich nicht unterstellen, Mann, sie ist so stur.«

Als sie durch ein Törchen in den Garten des Restaurants getreten waren, war die Bedienung gerade damit beschäftigt gewesen, einen großen grünen Regenschutz über die Terrasse zu leiern. Sie hatten einen freien Tisch gefunden, den letzten. Annette hatte sich auf den Holzstuhl fallen lassen und Waldo mit triumphierendem Blick angeschaut. Im nächsten Moment pladderten die ersten fetten Tropfen auf die Plane.

»Ganz schön knapp«, hatte er gebrummelt, aber Annette hatte geschwiegen und mit strahlendem Lächeln über das Meer geblickt.

Alles vergessen, dachte Waldo, als er jetzt langsam den Strandübergang hinaufkletterte. Er zog Schuhe und Strümpfe wieder an und trat in den Garten des Restaurants. Wie konnte ich das komplett vergessen? Bis er das Restaurant gesehen hatte, hätte er nicht mal sagen können, ob er an diesem Ort schon mal gewesen war. Erschütternd, mein Gehirn ist ein Sieb, dachte er.

Natürlich fand er diesmal keinen freien Tisch – er hätte sich irgendwo dazusetzen können, aber dazu hatte er keine Lust.

Er spazierte den Hügel ein Stückchen weiter bergauf, bis sich der Weg teilte. Schilder warnten davor, sich den Klippen zu nähern oder daran herumzuklettern. Ein paar Schritte ging es noch durch Buschwerk, dann öffnete sich der Blick wieder auf den Strand. Waldo fand eine freie Holzbank und setzte sich. Er ließ die Sonne auf sein Gesicht scheinen und schloss die Augen. Jetzt waren nur noch der Wind und das Geschrei von Möwen zu hören – und manchmal die Stimmen von Radfahrern, die hinter ihm den Weg entlangfuhren.

Waldo stand auf und trat an das Holzgeländer. Er beugte sich vor. In der Ferne erkannte er einen Erdhaufen, der sich auf den Strand ergossen hatte. An der Stelle, wo Waldo stand, ging es gut und gerne zehn Meter in die Tiefe.

Mit einem Mal fühlte er sich unwohl. Er wandte sich ab und spazierte weiter. Immer wieder passierte er Schilder, die auf die Gefahren durch abrutschende Klippen hinwiesen.

Schließlich führte der Weg ein kleines Stück ins Landesinnere und Waldo wanderte an einem gelb blühenden Rapsfeld vorbei. Nach einer Weile bemerkte er ein langes Treppengerüst, das sinnlos am Feldrand lag. Die Klippenkante reichte an dieser Stelle ganz nah an den Pfad heran. Ein weiteres Schild war aufgestellt worden. Waldo las:

INFORMATION!

Aufgrund des Witterungsverlaufes in den vergangenen Wintermonaten kam es zu verstärkten Abbrüchen an der Kliffkante. Da dieser Prozess noch nicht abgeschlossen ist, muss der Aufbau der ansonsten an dieser Stelle vorhandenen Saisontreppe bis zu einem späteren Zeitpunkt verschoben werden. Bitte halten Sie Abstand von der Kliffkante, es besteht Lebensgefahr!

Waldo trat an die Kliffkante heran und blickte vorsichtig nach unten. Er stellte sich vor, wie ein dumpfes Grummeln ertönen und die Erde ins Rutschen geraten würde. Ihm wurde mulmig und er trat wieder ein paar Schritte zurück.

Die Sonne stand noch ein gutes Stück über dem Horizont, als Waldo wieder auf dem Zeltplatz ankam. Albert lag auf seiner Luftmatratze vor dem Zelt und blätterte im *Spiegel.*

Statt einer Begrüßung sagte Waldo: »Vielen Dank übrigens, jetzt geht mir das Lied vom Schnitzelwagen nicht mehr aus dem Kopf. Danke!«

»Bitte.« Albert blickte Waldo kurz an, dann widmete er sich wieder dem Magazin.

»Du, hier gibt es einen Fisch, der heißt Ostseeschnäpel«, sagte Waldo. »Hab ich in einem Kasten mit Mitteilungen von der Gemeinde gelesen.«

»Na und?«

»Toller Name, hast du schon mal einen Ostseeschnäpel gefangen?«

»Nee.«

»Kannst du mir nicht mal einen Ostseeschnäpel fangen?«

Albert verzog das Gesicht.

»Wenn du mich wirklich lieben würdest, würdest du mir einen Ostseeschnäpel fangen.«

Albert schwieg.

»Heißt es eigentlich *der* Schnäpel oder *die* Schnäpel?«

»*Der* Schnäpel«, brummte Albert.

»Was du alles weißt«, sagte Waldo ironisch. »Bei Günther Jauch wurde mal gefragt, wie ein Fisch heißt: Mund, Nase, Auge oder Ohr.«

»Nase. Wie denn sonst?«, antwortete Albert gelangweilt.

»Stimmt, aber der Typ hatte auf Auge getippt. Wahnsinn, Albert! Ich glaube, das war die Fünfhunderttausend-Euro-Frage. Wieso weißt du so was?«

»Das weiß jeder, der schon mal eine Angel in der Hand gehabt hat.«

»Hast du schon mal ’ne Nase gefangen?«, fragte Waldo,

aber Albert ignorierte ihn. »Bist du schon mal auf Nase gegangen?«, stichelte Waldo weiter.

»Ich geh gleich mal auf Auge«, sagte Albert. »Und zwar auf dein rechtes.«

»In dem Kasten mit den Mitteilungen standen noch ein paar amtliche Bekanntmachungen.«

»…?«

»Da stand, dass Hechte und Zander Schonzeit haben.«

»Aha.«

»Ich hoffe, du hast heute keinen Hecht oder Zander gefangen«, sagte Waldo und grinste.

»Nein! Ich habe heute überhaupt keinen Fisch gefangen«, gab Albert genervt zurück.

»Schon wieder nicht?«, fragte Waldo mit gespielter Überraschung. »In dem Kasten hing ein Zettel mit sooo ’ner langen Liste von Fischen, die es hier offenbar gibt.« Waldo zeigte mit seinen Handflächen eine halben Meter Abstand.

Es bereitete ihm keine größeren Probleme, die Zeitschrift abzuwehren, die mit flatternden Seiten auf ihn zugeflogen kam.

Sonntag

Waldo und Albert hockten vor ihrem Zelt und beobachteten die olle rote Unterkunft des Riesen. »Heute Nacht war gar kein Radau«, sagte Waldo zum dritten Mal innerhalb von drei Minuten.

»Sagtest du bereits. Zwei Mal.« Albert biss in ein Brötchen, das er mit Salami, Käse sowie Gurken- und den obligatorischen Zwiebelscheiben belegt hatte.

Waldo fragte sich, ob sich der Riese die Kritik des Campingplatzchefs tatsächlich zu Herzen genommen hatte. Vielleicht lag er auch tot in seinem Zelt – gemeuchelt vom grausamen Zeltplatzmörder. Waldo nippte an seiner Tasse mit löslichem Kaffee und verzog das Gesicht. Scheußliches Zeug. Er kippte den Rest neben das Zelt ins Gras.

Ein paar Meter neben ihnen öffnete sich der Reißverschluss eines Eingangs. Die *Calvin Klein*-Frau schälte sich heraus und streckte sich ausgiebig. Sie trug ein übergroßes T-Shirt, das nicht erkennen ließ, ob sie noch mehr anhatte.

Waldo und Albert starrten die Schönheit an wie ein Naturwunder. Die sieht mindestens so gut aus wie Annette, dachte Waldo. Nein, sie sieht sogar besser aus.

»Puh«, sagte Albert, während das Mädchen in Richtung Waschhaus schwebte. »Was ist denn das für 'ne Else? Seit wann ist die hier?«

»Seit gestern«, antwortete Waldo monton.

»Mit 'ner Freundin?«

»Mit *drei* Freundinnen.«

Albert war einen Moment sprachlos, dann verzog er den Mund: Der *Calvin Klein*-Mann kroch aus dem Zelt.

Waldo konnte sich ein Grinsen nicht verkneifen.

»Bestimmt impotent«, sagte Albert.

»Und?«, fragte Waldo. »Gehst du heute wieder angeln?«

Albert schüttelte den Kopf. »Keine Lust.« Er blickte nach oben. »Ich glaub, heute wird es richtig schön. Wollen wir an den Strand?«

Diesmal entledigte sich Waldo seiner Klamotten ohne größere Umschweife. Er kratzte sich verstohlen im Schritt, dann breitete er sich auf seinem Handtuch aus. Albert blätterte bereits in einer Fischzeitschrift.

»Was liest 'n da?«, fragte Waldo.

Albert klappte wortlos die Zeitschrift zusammen, sodass Waldo den Titel lesen konnte.

»*Fisch und Fang* – was es alles gibt.«

Albert brummte.

»*Fisch und Fang.* Na, und steht da nicht drin, wie man einen Fisch fängt?«

»Haha.«

Waldo blickte sich um. »Durfte man zu DDR-Zeiten eigentlich an den Strand?«

»Was ist denn das für eine bescheuerte Frage?«

»Na ja, man hätte doch abhauen können.«

»Haben ja auch viele versucht.«

»Also durfte man *nicht* an den Strand?«

Albert klappte sein Heft wieder zusammen. »Tagsüber schon.« Er schien zu überlegen. »Wie war denn das?«, murmelte er mehr für sich. »Glaubstes? Ich kann mich gar nicht mehr richtig dran erinnern. Nachts durfte man auf jeden Fall nicht so ohne Weiteres ans Meer.«

»Gab's da Patrouillen oder was?«

»Ich überlege gerade. Draußen im Wasser kreuzten Schiffe, daran kann ich mich erinnern, die haben mit Scheinwerfern das Meer abgesucht. Ich war mal mit einem Kumpel nachts auf Rügen, da haben wir uns immer hinter Strandkörben versteckt.« Albert blickte nachdenklich Richtung Horizont. »Mann, das ist alles schon so weit weg.«

»War doch gut, dass ich dich befreit habe, was?« Es war

ein Runninggag zwischen ihnen und Albert reagierte immer mit denselben Worten: »Ja, Markus, danke. Dafür kann ich dir gar nicht genug danken.« Und Waldo antwortete: »Keine Ursache.«

Nach ein paar Minuten sagte Albert: »Es gibt da eine kuriose Geschichte: Ein paar Jungs sind mit einem Paddelboot ziemlich weit rausgefahren. Irgendwann wurden sie von einem Patrouillenboot abgefangen. Und die Jungs behaupteten, sie kämen aus dem Westen und hätten sich verfahren, also quasi verpaddelt. Der Clou war: Gleichzeitig hatten irgendwelche West-Verwandte von denen eine Vermisstenanzeige aufgegeben. Darum glaubten die DDR-Grenzdödel tatsächlich, sie hätten Westkinder geschnappt, und geleiteten sie in die Freiheit.«

»Das hat geklappt?«

Albert nickte. »Das hat geklappt. Allerdings nur einmal.«

»Stark.«

»Ja!« Albert warf die Zeitschrift hinter sich. »Jetzt aber Schluss mit den alten Geschichten«, rief er und beugte sich zu einer Tasche, aus der er eine kleine Videokamera zog.

»Was denn jetzt?«, fragte Waldo. »Filmst du jetzt Nackte?«

»Nee, ich muss noch meinen Meerverkehrtrumfilm drehen.«

»Deinen was?«

»Ich nehme das Meer verkehrt rum auf. Mit umgedrehter Kamera. Also mit der Kamera auf dem Kopf ... Also, ich drehe die Kamera auf den Kopf.«

»Und was soll das?«

»Das ist der Hammer!«

»Ein gewisser Albert würde jetzt sagen: Du bist wohl nicht ganz knusper.«

»Kein Witz! Ich habe vor Jahren mal einen Experimentalfilm gesehen. Da hat einer die Brandung aufgenommen – aber eben mit verkehrtrummer Kamera.«

»Mit ›verkehrtrummer‹ Kamera?«

»Jetzt kack hier keine Korinthen. Das gibt einen irren Effekt. Du guckst auf das Bild und denkst: Irgendwas stimmt nicht, aber du weißt nicht was. Du darfst natürlich nicht den Himmel filmen – es darf nur Wasser zu sehen sein, also Wellen. Sich überschlagende Wellen. Die Brandung«, präzisierte Albert.

Waldo starrte ihn an. Dann sah er aufs Wasser. »Von Brandung kann aber nicht gerade die Rede sein.« Tatsächlich überschlugen sich die Wellen erst unmittelbar am Strand. »Die *Fa*-Werbung könnte man heute jedenfalls nicht drehen.«

»Das müssen gar keine Riesenwellen sein, bisschen größer wäre zwar besser, aber das ist auch so völlig okay. Ich nehm was auf, dann zeig ich's dir.« Albert griff sich die Kamera und marschierte auf das Wasser zu.

Was für ein Bild, dachte Waldo. Ein splitternackter Mann mit einer Videokamera. Er überlegte einen Moment, ob er sich seine Badehose anziehen sollte, dann stand er auf und folgte Albert.

Der hockte bereits zwei, drei Meter vor der Wasserlinie und fummelte an dem Gerät herum. Waldo ließ sich neben ihm nieder. Albert drehte die Kamera um und blickte auf die Digitalanzeige, auf der nun der Bildausschnitt zu sehen war.

»Ruhe jetzt«, sagte Albert und verfiel in eine völlige Starre.

Waldo versuchte, auch etwas auf der Anzeige zu erkennen. »Darf ich mal gucken?«, flüsterte er nach ein paar Sekunden.

»Psch!«, zischte Albert. »Klappe halten! Ich will kein Gequatsche auf dem Film. Bloß das Rauschen der Brandung. Ich zeig's dir, wenn's fertig ist.«

Sie hockten zwei Minuten schweigend da. Waldo blickte sich ab und zu um. »Wenn uns jemand sieht, hält er uns für bekloppt«, sagte er.

»Schschsch«, machte Albert nur und warf Waldo einen wütenden Blick zu.

Waldo verstummte wieder.

Nach weiteren fünf Minuten drehte Albert die Kamera

um hundertachtzig Grad, hielt sie noch ein paar Sekunden Richtung Wasser und stoppte die Aufnahme dann. »Prima«, sagte er und erhob sich.

Als sie wieder bei ihren Handtüchern waren, spulte er den Film zurück, startete die Aufnahme, blickte ein paar Sekunden auf die Wiedergabe und reichte die Kamera an Waldo weiter.

»Toll«, sagte Waldo wenig später. »Das ist ja wirklich verblüffend. Du denkst die ganze Zeit, da stimmt was nicht, aber irgendwie sieht es dann doch wieder so aus, als sei die Aufnahme ganz normal gemacht worden.«

»Sag ich doch«, sagte Albert stolz. »Ich hab schon fast fünfzig Strände verkehrt herum aufgenommen.«

»Fünfzig?«

Albert nickte. »Immer wenn ich irgendwo am Wasser bin, mache ich eine Aufnahme.«

»Mit verkehrtrummer Kamera«, sagte Waldo und grinste.

»Das überspiele ich zu Hause auf Video, schöne Musik drunter ...«

»Zappa vermutlich.«

Albert ignorierte den Einwurf. »Ich sag dir, so was Entspannendes gibt's nicht nochmal. Dagegen ist jedes Aquarium und jedes Kaminfeuer Kompott.«

Später zogen Wolken heran und der Wind frischte auf. Waldo und Albert kleideten sich an, packten ihre Klamotten und spazierten den Strand entlang. Nach einer Weile wurde der Strand schmaler; Klippen ragten in die Höhe.

Waldo stupste Albert in die Seite. »Guck mal.«

Sie waren um einen Vorsprung gebogen. Ein paar hundert Meter vor ihnen lag ein Bunker aus dem Zweiten Weltkrieg im Wasser. Einen Moment lang dachte Waldo, der Bunker sei bis an seinen jetzigen Standort gepoltert – dann wurde ihm klar, dass dort, wo sich der Bunker jetzt befand, irgendwann mal die Küstenlinie gewesen sein musste.

»Runtergerutscht«, sagte Waldo. »Oben sind noch mehr Bunker. Hier bin ich vorbeigekommen an dem Tag, als Hans abgestürzt ist. Die Stelle muss ein paar hundert Meter weiter sein.« Waldo starrte in die Ferne, aber eine lang gezogene Kurve verhinderte die Sicht.

»Hm«, machte Albert. »Das war mal irgendeine Abwehrstellung.«

Waldo guckte die Klippen hinauf. »Kommen wir da irgendwie hoch?«

»Hier nicht, aber ein paar Meter hinter dem zweiten Bunker.«

Zweihundert Meter weiter stießen sie tatsächlich auf ein weiteres Betonungetüm, allerdings direkt unterhalb der Klippe, wo es den dort sehr engen Strandabschnitt komplett versperrte. Allerdings lag er so günstig, dass der Bunkerdurchgang genutzt werden konnte, um auf die andere Seite zu gelangen. Waldo hätte nicht sagen können, ob der Bunker richtig herum oder quasi auf dem Kopf lag. Das Ding war mit Graffiti übersät. Heiko grüßte Butzi und ein gewisser Wuschel hatte kundgetan: *I was here 20.6.2003;* weiter oben las Waldo: *Nazis paar vors Maul.* Dafür entdeckte er aber auch vier Hakenkreuze.

Unterhalb der Kliffkante neben dem Bunker hatten dutzende Schwalben Nester gebaut. Die Vögel starteten und landeten unaufhörlich, machten die waghalsigsten Manöver und zwitscherten ohne Unterbrechung.

Albert zeigte zu den Nestern. »Ist auch keine Eins-a-Lage mehr da oben. In so einem Loch könnte ich jedenfalls nicht ruhig schlafen. Musste ja jederzeit mit einem Absturz rechnen.«

»Würdest du auch gar nicht reinpassen.«

»Stimmt.«

Waldo kam zu dem Schluss, dass der Bunker richtig herum liegen musste. Mit etwas gutem Willen konnte man unten am Eingang die Reste von Stufen erkennen.

Um in den Durchgang zu gelangen, mussten sie springen. Albert sprang als Erster, Waldo folgte. Geduckt tappten sie durch das Kriegsrelikt.

Albert stand schon auf der anderen Seite, aber Waldo zögerte. Auch um den Bunker zu verlassen, war ein ordentlicher Satz nötig.

»Nun komm schon«, munterte Albert ihn auf.

»Moment.« Waldo hielt sich an einem Teil der verrosteten Stahlarmierung fest, die über ihm aus dem Beton ragte. Unter ihm schwappten die Wellen an Land. Waldo beugte sich vor, ging etwas in die Hocke – und wartete eine entscheidende Sekunde zu lang: Er stieß sich ab und bemerkte im selben Moment, wie eine etwas größere Welle näher kam. Er machte eine Michael-Jackson-artige Bewegung mit seinem Becken, in der vagen Hoffnung, etwas mehr Schwung zu bekommen, aber der Versuch war zum Scheitern verurteilt. Die Welle schäumte an Land – und Waldo landete mittendrin.

Er fluchte lauthals. Albert hatte schon während Waldos Flugphase die Luft zischend eingesogen, und als Waldo nun ins Trockene hüpfte, bog er sich vor Lachen. Waldos Schuhe machten schmatzende Geräusche.

»Mist!«, schimpfte er.

»Zieh die Schuhe halt aus«, riet Albert, nachdem er sich wieder eingekriegt hatte.

Barfuß stapfte Waldo weiter, aber sie kamen nun nicht mehr so schnell voran, weil Waldo vorsichtig über die Steine stakste. Nach dreihundert Metern erreichten sie einen Pfad, der hoch auf die Klippen führte. Oben stießen sie auf den Radwanderweg und marschierten nun wieder in die Richtung, aus der sie gekommen waren.

Am Rand der Klippe standen drei weitere Bunker, einer war höchstens zehn Meter vom Abgrund entfernt. Der mit Abstand größte befand sich ein gutes Stück weiter landeinwärts. Obenauf saßen drei junge Typen, um die zwanzig Jahre alt. Sie tranken Bier und brüllten herum.

Die meisten Spaziergänger, die den Höhenweg nutzten, liefen zügig weiter, wenn sie die Typen sahen.

Einer der Jungs fixierte Waldo und Albert, dann hob er die Flasche und rief ihnen ein »Prost!« zu. Die anderen lachten, als habe ihr Kumpel den Witz des Jahrhunderts gemacht.

»Ach du Scheiße, was sind denn das für Panneschoppen?«, fragte Albert leise.

Waldo verzog das Gesicht. Da erhob sich ein zweiter und trat an den Rand des Bunkers heran. Er trug ein T-Shirt mit dem Aufdruck *Wir saufen, bis der Notarzt kommt.*

»Ey! Was is'!?«, brüllte er. »Habt ihr 'n Problem, oder was?«

»Komm, lass uns gehen«, flüsterte Waldo.

»Alles okay!«, rief Albert.

»Komm ruhig hoch!«, grölte der Junge.

»Nee, lass mal!«, antwortete Albert und machte eine wegwerfende Handbewegung. Das war offenbar schon genug der Provokation, denn der Typ holte aus und warf seine Bierflasche in Richtung Waldo und Albert. Er hatte gut gezielt und Albert musste einen Schritt zur Seite machen, um der Flasche auszuweichen. Die Freunde drehten sich um und machten sich vom Acker.

»O Mann«, sagte Waldo, nachdem sie außer Sichtweite waren. »Das ist aber keine optimale Tourismuswerbung.«

Klaus Werner winkte ab. »Hören Sie auf mit diesen Bengeln.«

»Bengeln?! Die kennen Sie wohl?« Waldo stand am Tresen der Campingplatzrezeption.

»Ich lebe hier.«

»Das ist aber nicht nett, dass diese ›Bengel‹ die Touris blöd anmachen.«

»Ach, das sind doch nur kleine Jungs mit 'ner großen Klappe. Die machen nichts.«

»Die wollen bloß spielen, was?«

Klaus Werner schnaufte.

»Außerdem sind sie mit ihrer Karre bis an die Bunker rangef…« Waldo stutzte. Die Karre!, dachte er. An die Marke konnte er sich nicht erinnern, aber daran, dass das Auto, das ein paar Meter neben dem größten der Bunker gestanden hatte, quietschgelb gewesen war. Als er mit Albert die Bunker überstürzt verlassen hatte, hatte er diesem Detail gar keine Beachtung geschenkt. Erst jetzt stellte sein Gehirn eine Querverbindung her: War das womöglich derselbe Wagen, den er vor Landgrafs Firma gesehen hatte? Es musste so sein – die Chance, dass noch jemand ausgerechnet ein solch auffälliges Auto fuhr, war doch sehr gering.

»Was ist?«, fragte Werner.

Waldo schloss den Mund. »Nichts, ähm …, mir ist nur grad was eingefallen.«

Werner grinste schief. »Wie auch immer. Die brauchen eine ordentliche Tracht Prügel, eine Arbeit und eine Frau.«

»Drei Dinge braucht der Mann.«

»Das sind keine Männer.«

»Was dann? Nazis?«

»Jetzt ist aber Schluss!«

»Einer hat uns ›Sieg Heil‹ hinterhergerufen.«

»Dumme Jungs!«, beharrte Werner.

»Trotzd…«

Im nächsten Moment ertönte im Raum hinter ihnen ein Poltern. Waldo tippte auf einen umgestürzten Stuhl und blickte Werner erschrocken an, aber der drehte sich nicht mal um. Werners Frau erschien in der Tür. Auf ihrem T-Shirt stand heute: *Ich brauch mehr Geld.*

»Hallooo, das ist doch der Detektiv«, sagte Hilde und es gehörte nicht viel Feingespür dazu, um zu bemerken, dass sie erneut schwer angetütert war.

Waldo sah verstohlen auf seine Armbanduhr – es war kurz vor vier. Werner verdrehte die Augen.

»Wollen Sie nich' mal einen kleinen Aquavit mit mir trinken?« Hilde grinste Waldo lüstern an. »Ein kleines Aquavitchen?«

Werner blickte Waldo an und schüttelte unmerklich den Kopf.

»Ähm, später vielleicht.«

»Später kann schon zu spät sein«, säuselte Hilde.

»Mutti, was machen denn die Abrechnungen?«, unterbrach Werner seine Frau.

»Ach, du immer mit deinen blöden Abrechnungen. Lass mich doch mal mit dem netten Herrn plaudern.«

Na, das passt ja wieder mal prima, dachte Waldo. Die einzige Frau, die mich anbaggert, ist eine fünfzigjährige Alkoholikerin.

Werners Frau trat einen Schritt in den Raum. »Dafür krieg ich aber eine Belohnung von dir«, sagte sie zu ihrem Mann und gab ihm einen Klaps auf den Hintern.

»Ja, ja«, murmelte der.

»Sie macht Ihre Abrechnungen?«, fragte Waldo leise, nachdem Werners Frau wieder verschwunden war.

»Na ja.«

»Sie hebt gerne mal den einen oder anderen, was?«, traute sich Waldo zu sagen.

»Dafür pöbelt sie nicht die Touristen an«, gab Werner zurück.

»Stimmt auch wieder.«

Sie blickten beide in den Nebenraum, in dem nun völlige Stille herrschte. Entweder Hilde lauschte oder sie war eingeschlafen, mutmaßte Waldo und tippte auf die zweite Variante.

Er wandte sich wieder Werner zu. »Gibt es irgendwas Neues in der Mordsache?«

Werner schüttelte den Kopf. »Nix. Die tappen immer noch völlig im Dunkeln. Kein Motiv, nix. Rein gar nix.«

»Irgendwie ist mir ja nachts schon ein bisschen mulmig.«

Werner grinste. »Sie müssen sich doch keine Gedanken machen: Sie sind zu jung. Und ich – ich bin zu dick.«

»Wie jetzt?«

»Na ja, offenbar trifft es doch nur ältere, schlanke Männer mit Vollbart.« Werner grinste immer noch.

Waldo blickte Werner ein paar Sekunden stumm an. »Nochmal, bitte.«

»Nee, war nur ein blöder Witz«, lenkte Werner ein.

»Überleg doch mal«, insistierte Waldo. »Das kann doch kein Zufall sein.«

Albert blickte ihn skeptisch an.

»Das deutet doch auf einen irren Serientäter hin. Einer, der was gegen schlanke, ältere Männer mit Vollbart hat.«

»Und der zu diesem Behufe Klippen zum Einsturz bringt.«

Waldos Euphorie verschwand. »Stimmt.«

»Du kannst nicht davon ausgehen, dass Hans umgebracht wurde.«

»Hast Recht«, sagte Waldo resigniert.

Aber der Gedanke ließ ihn nicht los. Konnte es sein, dass es zwischen Löblich und Mährlein eine Verbindung gab? Vielleicht hatte sich Mährlein doch nicht mit seinem Schwiegersohn getroffen, sondern mit dem Mörder von Löblich? »Spinn ich jetzt?«, murmelte Waldo.

»Was?«, fragte Albert, der sich inzwischen wieder in den *Spiegel* vertieft hatte.

»Nix.«

»Erzähl mir noch was über Hans' Sohn.«

Waldo saß mit Prinz in dessen Wohnwagen. Der alte Mann sah schlecht aus.

»Was soll ich da erzählen?«, fragte er müde. »Helmut hat schon Recht. Das Verhältnis zwischen ihm und dem Rest der Familie könnte kaum schlechter sein. Hans hat nie viel drüber gesprochen. Da wollte er irgendwie nicht ran.«

Waldo zögerte einen Moment. Er lauschte auf den Pfeifton in seinem rechten Ohr, dann fragte er: »Bist du dir immer noch sicher, dass sich Hans vorgestern mit Landgraf getroffen hat?«

Prinz atmete geräuschvoll aus. Seine Lippen begannen zu zittern. Dann schüttelte er langsam den Kopf. »Keine Ahnung«, sagte er schließlich.

»Was aber in jedem Fall bleibt, ist der Widerspruch in den Aussagen von Landgraf und Hans' Frau.«

Prinz blickte Waldo stumm an.

»Warum sagt der eine so und die andere so?«

Prinz hob matt die Schultern. »Keine Ahnung«, wiederholte er. »Ich kann nicht nachdenken.«

Waldo nickte. Dann fragte er: »Und was machen wir jetzt?«

Prinz sah auf den Boden. Er hob erneut die Schultern. »Du bist der Detektiv.«

»Der Chef vom Campingplatz sagt übrigens, die beiden hätten sich sehr ähnlich gesehen.«

»Wer?«

»Hans und dieser Herr Löblich.«

Prinz sah Waldo mit trüben Augen an. »Na und?«

»Tja. Keine Ahnung.« Waldo raufte sich die Haare. »Ach, Scheiße, ich weiß doch auch nicht weiter.«

»Dann lass es.«

»Was?«

»Lass es sein. Hans wird eh nicht wieder lebendig.«

»Ist das jetzt dein Ernst?«

Prinz zuckte mit den Schultern.

Montag

»Aaarschloooch!«

Waldo wälzte sich auf den Rücken. »Das gibt's doch nicht«, stöhnte er. »Jetzt hat der Typ gerade mal eine Nacht die Klappe gehalten.« Er stierte auf seine Uhr, konnte in der Dunkelheit aber die Zeiger nicht erkennen.

»Hier liegt der Pfefferstreuer«, murmelte Albert verschlafen. »Nimm das Ding, geh rüber und zieh ihm eins über die Rübe.«

»Dir ist das wohl völlig egal, dass der Affe uns jede Nacht um den Schlaf bringt.«

»Aaarschloooch!«, tönte es wieder aus Richtung des roten Zelts.

»Was soll ich denn deiner Meinung nach machen?«, fragte Albert, aber Waldo wusste natürlich auch keine Antwort.

Stattdessen sagte er: »Der Typ ist krank.«

»Meinste?«, fragte Albert ironisch.

Waldo lauschte. »Was war denn das?«

»Was?«

»Ich glaube, ich habe eben ein komisches Geräusch gehört.«

»Ich auch. Es klang wie ›Aaarschloch‹.«

»Quatsch«, flüsterte Waldo. Er robbte an den Zeltausgang heran und öffnete vorsichtig den Reißverschluss.

»Und?«, fragte Albert.

»Nichts zu sehen.«

»Und nichts zu hören. Na, dann komm wieder ins Bett, Schatzi. Der Irre ist ja offenbar auch schlafen gegangen.«

Fünf Stunden später wurden Waldo und Albert durch Stimmen geweckt, die durcheinander sprachen. Schritte hasteten an ihrem Zelt vorbei.

»Och nö!«, stöhnte Waldo.

»Die nächste Leiche«, sagte Albert und richtete sich mühsam auf.

Waldo schälte sich aus dem Schlafsack. »Langsam verstehe ich, warum dein Campingplatz ein Geheimtipp ist.«

»Ach du Scheiße«, sagte Albert.

»Was denn?«

»Was hast du denn da?« Albert guckte Waldo mit großen Augen an.

»Was denn?«

»Am Kopf. Auf deiner Stirn. Ist ja Wahnsinn.«

»Was denn?« Waldo tastete über seinen Augen.

»Du lieber Himmel!«

Waldo fühlte eine deutliche Erhebung. »Was ist *das* denn?«

»Knallrot. Was hat dich denn da für 'ne Monstermücke gestochen? Tut das weh?«

»Nee, aber ich fühl's auch. Ganz hart.« Waldo schluckte.

»Selbst schuld. Das ist, weil du nie Autan nehmen willst.«

Waldo fuhr sich mit den Fingern unaufhörlich über die Erhebung. »Hast du einen Spiegel dabei?«

»Nee, hab meinen Schminkkasten zu Hause vergessen.«

»Mann, der Stich ist ja wirklich genau in der Mitte der Stirn.«

Albert fing an zu lachen. »Kannst eine Zielscheibe drum herummalen.«

»Blödmann.«

»Oder du sagst, du warst mal 'ne Frau und kommst aus Indien.«

Waldo krabbelte aus dem Zelt und wollte sich auf den Weg zu seinem Auto machen, um den Hügel auf seiner Stirn im Rückspiegel zu begutachten, als sein Blick auf den gammeligen roten Verschlag fiel.

Langsam klappte seine Kinnlade hinab. Ein kleines Grüppchen stand um das zerschlissene Ding herum; auch Klaus

Werner war dabei. Ein Mann kniete auf dem Boden, aber Waldo konnte nicht erkennen, was er machte.

Langsam ging er auf die Gruppe zu. Als er näher kam, bemerkte er zwei Füße neben dem knienden Mann; Waldo machte noch ein paar Schritte, dann sah er auch den dazugehörigen Körper. Im nächsten Moment wusste er, was passiert war.

»Ist er tot?«, flüsterte er Klaus Werner zu, als er neben ihm stand.

»Nee«, antwortete der Chef des Campingplatzes. Er warf Waldo einen flüchtigen Blick zu, hielt inne und glotzte auf seine Stirn. »Was haben Sie denn da?«

Waldos Hand fuhr an seinen Kopf. »Ja, weiß ich auch nicht. Irgendwas hat mich da wohl gestochen. Irgendein Vieh.«

»Allerdings.« Werner schaute Waldo noch einen Moment an, dann riss er sich von dem irritierenden Anblick los und widmete sich wieder dem anderen irritierenden Anblick.

Der Riese lag mit geschlossenen Augen im Gras; neben seinem rechten Auge befand sich ein großer Fleck getrocknetes Blut; ein Teil der Lippen des Mannes war geschwollen.

Der Mann, der neben dem Riesen kniete, war damit beschäftigt, einen Verband anzulegen.

»Wer war das?«, fragte Waldo.

»Keine Ahnung«, sagte Werner.

Zwei Rettungssanitäter näherten sich dem Zelt. »Moin, Moin«, sagte der eine gut gelaunt. »Was ist denn passiert?«

Der Mann, der neben dem Riesen kniete, erhob sich. »Der Mann hier ist zusammengeschlagen worden. Platzwunde am Kopf. Hat ordentlich Blut verloren. Ich hab einen Verband angelegt.«

»Sind Sie Arzt?«

Der Mann nickte. »Aber eigentlich im Urlaub.«

Gemeinsam mit einem der Sanitäter kniete er sich wieder neben den Riesen.

Sein Kollege blickte in die Runde der Gaffer. Als er Waldo sah, runzelte er die Stirn und Waldo antwortete mit einem Lächeln und einer Handbewegung, die besagen sollte: halb so schlimm.

»Mmh«, machte der kniende Sanitäter. »Den nehmen wir mal besser mit.« Er blickte zu seinem Kollegen. »Holst du mal 'ne Trage?«

Waldo tippte Werner auf die Schulter und gab ihm ein Zeichen mitzukommen. Sie traten ein paar Schritte von dem Zelt weg.

»Was ist denn das schon wieder?«, fragte Waldo.

»Keine Ahnung. Da hat wohl jemand die Schnauze voll gehabt von der Schreierei.«

»Und knüppelt ihn deshalb halb tot?« Waldo machte eine Geste mit dem Daumen in Richtung des Riesen.

»Was weiß denn ich!«

»Wer hat ihn gefunden?«

»Ein anderer Camper. Vor einer halben Stunde.«

Waldo dachte an das Geräusch, das er in der vergangenen Nacht gehört hatte. Ein dumpfes Geräusch. Nie im Leben wäre er auf die Idee gekommen, dass es von einem Schlag herrühren könnte. Ihn fröstelte. Kein Zweifel: Auf dem Zeltplatz wohnte jemand, der mindestens die Brutalität besaß, jemand anderen fast umzubringen, weil er sich von dessen Geschrei belästigt fühlte.

Es war kurz vor Mittag. Waldo und Albert fläzten sich schmökernd vor ihrem Zelt, aber Waldo konnte sich nicht richtig auf sein Buch konzentrieren. Immer wieder fuhr seine Hand an die Stirn. Nach seinem Gespräch mit Werner war er in den Waschraum gegangen und hatte dort in einen Spiegel geblickt. Der Flatschen mitten auf seiner Stirn war noch größer und röter, als er befürchtet hatte.

Immer wieder schwenkte sein Blick zu dem roten Zelt, das nun verlassen dalag und aller Wahrscheinlichkeit nach auch heute Nacht verlassen daliegen würde. Wie es wohl dem Riesen ging? Klar, das Gebrüll war auch ihm schwer auf die Nerven gegangen, aber schlug man jemanden deswegen krankenhausreif?

Waldo betatschte wieder seinen Mückenstich; er erschrak, als er seinen Namen hörte.

»Herr Waldo!« Klaus Werner trat schnaufend auf ihn zu. »Ich hab interessante Neuigkeiten«, sagte der Dicke kurzatmig, als er vor ihm stand. »Sie erfahren es sogar, noch bevor die Presse Wind davon bekommt. Hab grad mit Vogel telefoniert.«

»Dem Polizisten?«

Werner nickte. »Die ermitteln jetzt in Richtung Mord.«

»Ist der Riese gestorben?«, fragte Waldo erschrocken.

»Nee, wegen des Toten.«

»Ach so.« Waldo war erleichtert, dann zog er die Augenbrauen zusammen. »Na, aber das haben sie doch von Anfang an getan.«

Werner schüttelte ungeduldig den Kopf. »Nicht im Fall Löblich. Im Fall Mährlein.«

Waldo und Albert blickten sich an. Waldo richtete sich auf. »Was? Wieso?«

»Ein Pärchen hat sich bei der Polizei gemeldet. Die Frau sagt, sie habe kurz vor dem Klippenabsturz einen Streit gehört.«

»Was für eine Frau? Was für ein Streit?«

»Eine Urlauberin irgendwo aus dem Rheinland. Sie hatte sich mit ihrem Freund in die Büsche geschlagen ...« Werner zwinkerte. »Die beiden waren zugange«, flüsterte er und wackelte mit dem Kopf. »Sie wissen schon. Und auf einmal hört die Frau Stimmen. Schimpfen und so. Sie guckt hoch und beobachtet durch die Blätter, wie jemand einem anderen irgendwas über die Rübe zieht, einen Stein oder so. Und im nächsten Moment, zack, sind die Typen weg. Es rumpelt und das Liebespaar liegt bloß noch zwei Meter vor dem Abhang.«

Waldo stierte Werner einige Sekunden an. »Und wieso meldet sich die Frau erst jetzt?«

»Vogel sagt, sie sei unsicher gewesen. Durch die Bäume und Sträucher habe sie ja nicht richtig was erkennen können. Sie wusste nicht, ob es wirklich ein Streit gewesen war. Von unten die Brandung, der Wind in den Bäumen, auf den Klippen herrscht ja immer viel Getöse. Außerdem hat sie natürlich einen Riesenschreck bekommen, als der Boden vor ihr auf einmal wegrutschte. Und unten hat sie dann niemanden gesehen, also niemanden, der dort lag.«

»Konnte sie ja auch nicht.«

»Klar, aber die war völlig durch den Wind. Die beiden sind danach gleich abgehauen. Und ihr Typ hat weder was gesehen noch gehört, der war offenbar zu sehr mit anderen Dingen beschäftigt. Hat ihr gesagt, sie habe sich verguckt oder so. Dann sind die beiden abgereist, aber die Frau hat die Geschichte nicht losgelassen. Und zu Hause hat sie in der Zeitung gelesen, dass jemand bei dem Klippenabsturz ums Leben gekommen ist.« Werner hob die Hände. »Also ist sie zur Polizei.«

»Na, das ist ja ein Ding. Und was macht die Polizei jetzt?«

»Die werden Mährleins Leiche nochmal untersuchen. Auf Verletzungen.«

»Verletzungen wird er jede Menge haben«, warf Albert ein.

»Verletzungen, die nicht vom Unfall, sondern von einem Schlag herrühren«, erklärte Werner. »Einem Schlag mit einem Stein zum Beispiel.«

Waldo wusste nicht, was er sagen sollte. Er blickte Albert an, aber der war ebenfalls zu sehr mit Staunen beschäftigt. »Sie haben verdammt gute Kontakte, was?«, meinte Waldo schließlich.

Werner blickte Waldo mit hochgezogenen Augenbrauen an, doch bevor er antworten konnte, sagte Waldo: »Ich weiß, Sie leben hier.«

»Das ist völlig irre«, raunte Waldo Albert zu, nachdem Werner wieder abgezogen war. »Das ist ja wie ein Sechser im Lotto für den Mörder. Stell dir das mal vor: Du bringst jemanden um und im nächsten Moment ist die Leiche weg.«

»Perfekt.«

»Niemand kommt auf die Idee, dass es was anderes als ein Unfall gewesen sein könnte. Vermutlich haben die nicht mal nach Schussverletzungen gesucht.«

»Die Frau hat ja auch gesagt, der Mann sei erschlagen worden.«

»Ach ja, stimmt. Aber dann sucht eben niemand nach Verletzungen, die von einem Schlag herrühren. War doch so.«

»Hm, dann hatte Prinz ja doch Recht.«

»Prinz … ja«, Waldo zögerte. »Wir müssen es ihm sagen.«

Rüdiger Prinz reagierte auf die Nachricht mit einem Weinkrampf. Waldo und Albert blieben so lange bei ihm, bis er sich wieder etwas beruhigt hatte. Zu dritt saßen sie schweigend an dem Tisch im Wohnwagen.

Nachdem sie Prinz verlassen hatten, fiel Waldo ein, dass Annette ihn anrufen wollte. Das hat sie bestimmt vergessen, dachte er, ließ Albert stehen und spazierte ans Ufer des Bodden. Er zog sein Handy aus der Hosentasche und tippte ihre Nummer.

»Ich bin's. Stör ich oder hast du ein paar Sekunden?«

»Markus, grüß dich. Ach, Mist, ich sollte dir was raussuchen, nicht wahr? Hab ich total vergessen.«

Na bitte. »Macht doch nichts«, sagte Waldo, aber er war enttäuscht. Vermutlich hatte sie seinen Anruf im selben Moment aus dem Gedächtnis gestrichen, in dem sie den Hörer aufgelegt hatte.

»Gegen wen ging es nochmal?«, fragte Annette.

»Kurt Kopsch. Immobilienheini aus Wiesbaden.«

»Ah ja. Moment.«

Waldo hörte, dass Annette auf ihrer Computertastatur klapperte. »Und wie ist das Wetter?«, fragte sie.

»Ganz okay, gestern hat es ein bisschen geregnet. Leider ist Alberts Zelt nicht wasserdicht.«

»Ach du Schande.«

»Und was macht die Arbeit?«

»Super«, sagte Annette ironisch. »An Feiertagen macht es immer besonders viel Spaß.«

Die Tastatur klapperte weiter, dann sagte Annette: »Also bei uns im Archiv ist nichts über deinen Herrn Kopsch. Ich guck mal noch schnell ins Internet. Soll ich dich nicht besser zurückrufen?«

»Nee, ist schon okay.«

»Warte.«

Waldo überlegte, was er sagen könnte, aber ihm fiel nichts ein, das heißt, es fiel ihm schon etwas ein. Er hätte gern etwas gesagt wie: »Ohne dich ist es blöd an der Ostsee«, aber er traute sich nicht. Durch die Leitung hörte er auf einmal laute Stimmen, dann Gelächter. »Was ist denn da los bei euch?«

»Nur der ganz normale Wahnsinn. So. Kopsch, warte mal, na, viel ist's nicht, vierundzwanzig Einträge. Also: Als Erstes ein Immobilienprojekt. Hier: Wohnen wie Gott in Frankreich.« Annette lachte kurz. »Was ist denn das für ein bekloppter Werbespruch? Aha ... Ach, das ist ein Projekt bei euch oben.«

»Ja, das kenn ich.«

»Na, das sieht ja schick aus, was die vorhaben.«

»Mach mal weiter. Was steht denn sonst noch da?«

»Moment.« Stille trat ein. »Nee, das muss ein anderer Kopsch sein. Salzburg, was mit Skiausrüstungen, Schneemobile ...«

»Stimmt, das passt nicht. Findest du da nicht irgendwas über Immobilienbetrug?«

»Ich suche, ich suche«, sagte Annette. »Es gibt auch noch

einen Herrn Kopsch, der Bücher geschrieben hat. Fachbücher offenbar«, sie murmelte nun leise vor sich hin. »Steuerrecht, puh.« Dann sagte sie laut: »Hier ist noch was, eine Zeitungsmeldung.« Sie zitierte: »Hunderte Anleger um ihr Geld geprellt, Fragezeichen.« Dann, mit enttäuschter Stimme: »Ach, blöd, den ganzen Text bekomme ich nicht. Ich muss mich registrieren lassen. Das kostet dann auch was.«

»Nein, nein, musst du nicht«, sagte Waldo.

»Tut mir leid.«

»Egal. Macht nichts.«

»Okay, na, dann macht euch mal noch ein paar schöne Tage. Ich komm gleich.«

»Was?«, fragte Waldo

»Nichts. Kollege hat gerufen.«

»Ohne dich ist es doof an der Ostsee.«

Sie schwieg zwei Sekunden lang. »Ich muss doch arbeiten, Markus.« Erneut entstand eine Pause, dann verabschiedeten sie sich.

Ich muss doch arbeiten. Was sollte denn das heißen?, fragte Waldo sich. Vielleicht: *Wenn ich Urlaub hätte, würde ich natürlich mit dir an die Ostsee fahren*?

Mann, warum hab ich nicht die Klappe gehalten?

Waldo war auf dem Weg zurück zum Zelt, als er merkte, dass sein Handy in der Hosentasche vibrierte. Während er es herausfingerte, hoffte er, dass Annettes Nummer auf dem Display angezeigt werden würde, aber er hoffte vergebens. Die Zahlen ließen ihn dennoch neugierig auf die Taste mit dem grünen Hörer drücken.

»Hier ist Kerstin Landgraf, guten Tag, Herr Waldo.«

»Hallo, Frau Landgraf.«

Sie kam ohne Umschweife zur Sache. »Die Polizei war heute Morgen hier. Sie hat berichtet, dass es jemanden gibt, der gesehen haben will, dass mein Vater erschlagen worden ist.«

»Ja, das habe ich auch schon gehört.«

»Ach«, sagte Kerstin Landgraf überrascht.

»Ja.«

»Vielleicht könnten wir uns nochmal treffen?«

»Gern.«

»Haben Sie heute Zeit?«

»Ich mache momentan Urlaub. Ich hab immer Zeit. Soll ich zu Ihnen kommen?«

»Nein«, sagte sie schnell. »Wollen wir uns in Wustrow an der Seebrücke treffen? In einer Stunde?«

Waldo beobachtete sie, während sie den Anstieg zur Brücke hinaufging. Er hatte sich gleich nach dem Telefonat ein Buch geschnappt und auf den Weg gemacht, sodass er eine halbe Stunde vor der verabredeten Zeit an der Brücke war. Statt zu lesen, studierte er jedoch zunächst eine Weile das Programm des kleinen Zeltkinos kurz vor dem Brückenaufgang. Anschließend beobachtete er zwei Möwen, die damit beschäftigt waren, einen Mülleimer auszuräumen. Einer der Vögel hockte am Rand des Eimers, pickte mit großem Geschick alles mögliche Zeug heraus und warf es zu Boden, wo es das zweite Tier begutachtete.

Waldo war gespannt, was Kerstin Landgraf von ihm wollte.

Sie versuchte ein Lächeln, als sie vor ihm stand. Dann blickte sie irritiert auf Waldos Stirn. »Was haben Sie denn da?«

»Sie sollten mal die Mücke sehen«, antwortete Waldo.

Sie gaben sich die Hand, dann gingen sie langsam über die breiten Holzbretter Richtung Meer. Zu beiden Seiten am Strand lagerten Urlauber bis zum Horizont.

Nach ein paar Metern sagte Kerstin Landgraf: »Ich weiß nicht mehr, was ich von dem Ganzen halten soll. Mein Mann sagt, dass meine Mutter abstreitet, mit ihm zusammen gewesen zu sein. Meine Mutter sagt, mein Mann belüge mich. Und mein Bruder sagt, er war an jenem Morgen nicht mit meiner Mutter zusammen.«

Waldo zog die Augenbrauen hoch. »Ach?«

»Ich weiß nicht, wem ich glauben soll. Mein Vater ist gestorben und von den drei Menschen, die mir am nächsten stehen, erzählt mir jeder was anderes.«

»Ihr Bruder sagt, er war nicht mit Ihrer Mutter zusammen?«, hakte Waldo nach.

Sie nickte. »Wieso? Hat er Ihnen was anderes erzählt?«

»Allerdings. Er hat die Angaben Ihrer Mutter bestätigt.«

»Sehen Sie«, sagte Kerstin Landgraf und ihre Stimme klang nun verzweifelt. Sie hob die Arme und ließ sie wieder fallen. »Jeder erzählt was anderes.«

»Tja, Ihre Mutter und Ihr Mann waren offenbar nicht gut auf Ihren Vater zu sprechen.«

»Das stimmt«, sagte Kerstin Landgraf traurig. »Sie wissen ja, dass mein Mann diese Luxusferienanlage hochziehen will. Mein Vater hat ihn dabei nicht unterstützt. Ich weiß nicht, wer Recht hat, ich kenne mich mit diesen Sachen nicht aus. Und meine Mutter – na ja, sie war natürlich nicht besonders erfreut, dass mein Vater auf einmal auf einen Campingplatz gezogen ist. Sie ist da etwas konservativ, sie fürchtete das Gerede im Ort.«

»Was für ein Gerede?«

»Das können Sie sich doch denken. Von wegen: Jetzt hat die Alte ihren Mann rausgeekelt. Wahrscheinlich vergnügt er sich auf dem Campingplatz mit irgendwelchen jungen Häschen und so weiter.«

Junge Häschen? Meine Güte, dachte Waldo, entweder die Frau ist verdammt raffiniert oder sie weiß wirklich nichts vom neuen Leben ihres Vaters.

Sie waren am Ende der Seebrücke angelangt. Mehrere Männer standen am Geländer und hielten ihre Angeln ins Wasser. Einer zog gerade mit Schwung einen Aal empor. Waldo beobachtete, wie der Mann das lange, schlanke Tier am Kopfende packte und seine Hände mit einer schnellen Bewegung in entgegengesetzte Richtungen drehte. Dann ließ der Angler den Fisch in einen Eimer fallen und machte sich an dem Angelhaken zu schaffen.

Waldo wandte sich Kerstin Landgraf zu: »Was hielten Sie von der Entscheidung Ihres Vaters?«

»Ich fand sie auch nicht toll. Aber ich hatte irgendwie Verständnis für ihn. Die Ehe meiner Eltern steckte schon lange in einer Krise. Ich habe meinen Vater gefragt: Er hat mir versprochen, dass er keine Affäre mit einer anderen Frau hat.«

Und da hat er nicht mal gelogen, dachte Waldo und musste unwillkürlich den Kopf schütteln. War jetzt der Zeitpunkt gekommen, Kerstin Landgraf die Wahrheit zu sagen? Stand es ihm zu? Wie würde sie reagieren?

»Herr Waldo?«

»Äh, was? Entschuldigen Sie, ich war gerade in Gedanken.«

»Was glauben Sie? Hat jemand meinen Vater umgebracht?«

»Ich weiß es nicht. Vielleicht täuscht sich die Zeugin; sie konnte die Szene ja nicht in allen Einzelheiten verfolgen. Aber wenn sie Recht hat …« Er beendete den Satz nicht.

»Wenn mein Vater wirklich getötet worden ist …«, ihre Stimme wurde brüchig und einen Moment dachte Waldo, Kerstin Landgraf würde anfangen zu weinen, aber nach ein paar Sekunden hatte sie sich wieder im Griff. »Ich will wissen, was passiert ist, bevor die Klippe abgerutscht ist«, sagte sie dann.

»Ich auch, Frau Landgraf, das können Sie mir glauben. Ich auch.«

Sie blickten eine Weile stumm auf die Ostsee hinaus, dann sagte Waldo: »Als Kind habe ich mich immer darüber gewundert, dass die Schiffe genau über den Horizont fahren.«

Vor dem Zelt fand Waldo einen Zettel: *Bin unterwegs. Abends wahrscheinlich nochmal an der Seebrücke. Ich bring dir ein paar Ostseeschnäpel mit.* Dahinter hatte Albert einen Smiley gemalt.

Mann, nächstes Mal kann sich der Typ einen anderen Fahrer suchen, dachte Waldo zum wiederholten Mal. Er klemmte sein Buch auf den Gepäckträger, schwang sich aufs Rad und fuhr bei Prinz vorbei, doch der war nicht da. Danach schaute er bei der Rezeption rein und fragte Klaus Werner, ob es Neuigkeiten vom Riesen aus dem roten Zelt gebe. Werner verneinte.

»Wo hat man ihn eigentlich hingebracht?«, fragte Waldo.

»Nach Ribnitz-Damgarten«, antwortete Werner.

Helmut Mährlein saß an einem Schreibtisch und blätterte in Papieren. »Sie schon wieder?«, sagte er und erhob sich von seinem Stuhl. Dann stutzte er: »Du meine Güte, wie sehen Sie denn aus? Haben Sie sich geprügelt?«

»Ja, mit einer Mücke.«

Helmut Mährlein lachte. »Sie sollten da was drauftun. Salbe oder so.«

»Darf ich mich setzen?«

Mährlein nickte. »Treibt Sie immer noch unser Familienschicksal um?«

»Sie haben vermutlich gehört, dass sich eine Zeugin gemeldet hat, die gesehen haben will, wie jemand Ihren Vater umgebracht hat«, erwiderte Waldo.

»Na und?«

»Außerdem erzählt Ihre Schwester ... ähm, dass Sie ihr gesagt hätten, Sie hätten den Vormittag, als die Klippe abgerutscht ist, *nicht* bei Ihrer Mutter verbracht.«

»Das war jetzt aber kompliziert«, sagte Helmut Mährlein und grinste.

»Wer sagt die Wahrheit? Sie oder Ihre Mutter?«

»Suchen Sie es sich aus. Was Ihnen besser passt.«

Waldo spürte Wut in sich aufsteigen angesichts des lässigen Zynismus von Mährleins Sohn. Er bemühte sich, sie zu unterdrücken. »Dann entscheide ich mich: Sie sagen die Wahrheit.«

»Gerne.«

»Warum lügt Ihre Mutter dann?«

»Verraten Sie es mir.«

»Mir fällt nur eine Lösung ein.«

»Ich bin gespannt.«

»Sie will Sie decken.«

»Decken?«

»Decken. Sie glaubt, dass Sie sich mit Ihrem Vater auf der Klippe getroffen haben.«

»Und dass ich ihm einen Stein über den Schädel gehauen habe?«

Waldo nickte.

Mährlein lachte wieder. »Bloß: Wieso sollte ich das getan haben?«

»Sie haben ihn gehasst.«

»Ach Gottchen. Sie hauen doch auch nicht jedem, den Sie hassen, einen Stein über den Schädel.«

Waldo atmete geräuschvoll aus. »Wollen wir nicht aufhören mit dem Scheißspiel?«

Helmut Mährlein kratzte sich am Ohr. »Okay. Herr Waldo, ich sehe die Sache so: Der Tod meines Vaters tut mir nicht besonders leid, das wissen Sie ja bereits. Und dass er nun möglicherweise ermordet worden sein soll – so genau wissen wir das ja noch nicht, vielleicht irrt sich die gute Frau ja –, dass er nun also ermordet worden sein soll, ändert doch nichts am Resultat. Hätte der ominöse Steinhauer nicht zugeschlagen, wäre mein Vater mit der Klippe abgestürzt. Gestorben wäre er so oder so. Ende der Durchsage. Wenn Sie glauben, dass ich meinen Vater getötet habe – meinetwegen. Denken Sie, was Sie wollen.«

Nachdem Waldo Mährleins Atelier verlassen hatte, radelte er eine Weile ziellos durch die Gegend, setzte sich für eine Stunde an den kleinen Hafen von Althagen und steuerte schließlich ein Restaurant in einer Seitenstraße von Ahrenshoop an. Eigentlich hasste er es, allein essen zu gehen, weil er sich inmitten von lärmenden Gruppen oder tiefe Blicke tauschenden Paaren fehl am Platz vorkam, aber sein Hungergefühl war stärker. Es war relativ früh am Abend und in dem Laden waren noch zahlreiche Tische frei. Pfingsten war so gut wie vorbei und es war erstaunlich, wie schnell sich die Halbinsel im Laufe des Tages wieder geleert hatte.

Waldo setzte sich an einen Zweiertisch am Fenster. Die Kellnerin, ein junges Mädchen, das vielleicht noch nicht mal volljährig war, wirkte einigermaßen missmutig, als sie Waldo die Karte brachte, und Waldo gab sich alle Mühe, die schlechte Laune nicht auf sich zu beziehen. Allerdings empfand er es durchaus als einen gegen sich persönlich gerichteten Akt der Unfreundlichkeit, dass die Frau die Kerze auf seinem Tisch nicht anzündete.

Waldo bestellte ein großes Bier und entschied sich für den Hornhecht, der auf einem Aufsteller vor dem Restaurant angepriesen wurde.

Die Kellnerin starrte einen Moment auf Waldos Stirn, dann nahm sie ihm wortlos die Karte aus der Hand und zog ab.

Er blickte nachdenklich aus dem Fenster und ließ den Tag Revue passieren. War Helmut Mährlein wirklich so cool, wie er tat? Warum hasste er seine Eltern so sehr? Ließ es ihn tatsächlich völlig kalt, was mit seinem Vater geschehen war? Und dann diese offenbar komplett naive Tochter: Sorgt sich, dass ihr Vater auf dem Campingplatz mit jungen Häschen rumturtelt. Verdammt, dachte Waldo, wieso erzählt mir jeder aus der Sippschaft was anderes, wenn es darum geht, wer wann was zum Zeitpunkt des Klippenabsturzes gemacht hat? Er gab sich die Antwort gleich selbst: Weil ich bloß irgendjemand bin, der seine Nase in Sachen steckt, die ihn nichts angehen.

Und dann war da noch diese Zeugin, diese Urlauberin aus dem Rheinland, die gesehen haben wollte, wie irgendjemand irgendeinem anderen irgendwas über die Rübe zog. Wer wäre dazu in der Lage? Mährleins Sohn? Mährleins Schwiegersohn? Am Ende sogar Mährleins Frau?

Waldo hatte das Gefühl, dass seine Gedanken sich immer mehr im Kreis drehten. Er trank einen Schluck Bier und befühlte seine Stirn.

Ich muss morgen endlich zu diesem Kopsch, überlegte er – aber im selben Moment zweifelte er daran, dass Landgrafs Geschäftspartner besonders mitteilsam sein würde. Landgraf wird ihm mit Sicherheit von diesem nervtötenden Privatermittler berichtet haben. Egal, versuchen wollte Waldo es trotzdem.

Als das Mädchen den Teller vor Waldo abstellte, war ihm klar, dass er mit dem Hornhecht vollkommen überfordert sein würde.

»Eine Gebrauchsanweisung gibt es nicht dazu?«, fragte er die Kellnerin, aber sie nahm seine Frage offenbar für bare Münze und antwortete bloß mit einem Nein.

Waldo versuchte, das Tier zu filetieren, aber der Großteil der Gräten wollte sich nicht vom Fleisch trennen. Ständig hatte Waldo den Mund voll harter Stückchen. Er aß zunächst die fettigen Bratkartoffeln. Nachdem er auf diese Weise auf seinem Teller mehr Platz geschaffen hatte, versuchte er erneut, den Fisch zu zerteilen. Hornhecht, dachte Waldo, das klingt eigentlich schon wenig vertrauenerweckend.

Irgendwann riss sein Geduldsfaden. Er entfernte die größten Gräten, zerteilte den Fisch nur grob und steckte sich Stück für Stück in den Mund. Es knirschte, weil Waldo versuchte, die Gräten möglichst klein zu beißen. Hornhecht, dachte er.

Waldo seufzte, bestellte ein zweites Bier und spülte jeden Bissen mit einem großen Schluck hinunter – immer in der Hoffnung, dass keine Gräte in seinem Hals stecken bleiben würde. Er musste an die Weihnachtsfeste daheim denken, die stets damit geendet hatten, dass seine Oma mit einer

Gräte im Hals ins Krankenhaus eingeliefert worden war. Es hatte ihr offenbar nicht geschadet – die alte Dame erfreute sich immer noch bester Gesundheit.

Vermutlich heißt der Hornhecht Hornhecht, weil das ganze Vieh aus Horn besteht, dachte Waldo, als er sich den letzten Bissen in den Mund schob. Oder weil man Hornhaut im Hals bekommt, wenn man ihn regelmäßig isst. Waldo wischte sich den Mund mit der Papierserviette ab, zerknüllte sie und warf sie auf den Teller.

Er schluckte mehrmals. Sein Hals tat weh. Wie es da drinnen wohl aussehen mag, fragte er sich. Bestimmt hatten die Gräten zahllose Wunden in seine Kehle geritzt und perforierten nun seinen Magen. Er räusperte sich leise, trank sein Bier aus und ließ sich die Rechnung bringen.

Dienstag

»Mach den Mund zu«, sagte Albert streng.

Waldo fühlte sich ertappt. Er warf der *Calvin Klein*-Frau aus dem Nachbarzelt einen letzten verstohlenen Blick zu. Sie hatte sich offenbar gerade geduscht – jedenfalls spazierte sie mit nassen Haaren und auf ihre unvergleichliche Art zu dem Zelt, in dem ihr impotenter *Calvin Klein*-Freund bestimmt schon wartete.

»Hießen Fische zu DDR-Zeiten eigentlich anders?«, fragte Waldo, um das Thema zu wechseln.

Albert runzelte die Stirn. »Ja, Markus, Fische nannte man in der DDR Möbel. Im DDR-Meer schwammen ganz viele Möbel. Und Möbel nannten wir Zweikomponentenkleber. Und Zweikomponentenkleber waren Fische.« Albert sprach wie zu einem Kleinkind.

»Ich meine doch nur. Surfen hieß bei euch Brettsegeln, Engel waren geflügelte Jahresendfiguren – und hast du mir nicht mal erzählt, dass ein Hotdog eine Ketwurst war?«

»Das mit der Jahresendfigur ist eine Legende – das stammt aus einer Satire des *Eulenspiegels.* Aber was hat das mit Fischen zu tun?«

»Eure Straßen waren doch auch alle nach irgendwelchen Antifaschisten benannt.«

Albert lachte. »Stimmt, jetzt fällt's mir wieder ein! Und darum hieß der Zander offiziell auch Ernst-Thälmann-Fisch.«

Waldo warf einen Blick zum Nachbarzelt, vor dem das Mädchen gerade niedergekniet war. Ihr Kopf war in dem Zelt verschwunden und Waldo hatte eine ziemlich genaue Vorstellung davon, womit der Mund der Schönheit gerade beschäftigt war. Im nächsten Moment schob sich eine Hand aus dem Zelt und unter die rechte Brust der Frau. Der Körper der Frau folgte daraufhin dem Kopf in die Unterkunft.

»Scheiße«, murmelte Albert.

Waldo atmete tief durch. Er schluckte – und verspürte ein Kratzen im Hals. »Wüsstest du eigentlich, welchen Fisch du gerade isst?«

»Wie meinste 'n das wieder?«, fragte Albert misstrauisch.

»Einen Lachs zu erkennen ist ja noch einfach, aber schon bei Zander oder Dorsch oder Seelachs stünde ich auf dem Schlauch, wenn ich sie als Filet serviert bekäme. Fisch schmeckt zwar immer lecker, aber immer auch ziemlich ähnlich. Ich glaube, den einzigen Fisch, den ich rausschmecken würde, wäre Lachs.« Waldo schluckte erneut. »Und Hornhecht«, fügte er hinzu. »Den hab ich gestern gegessen; der zeichnet sich durch ein ganz außergewöhnliches Beißgefühl aus.«

»Hm«, machte Albert. »Lachs würde ich auch rausschmecken. Zander glaub ich auch. Und Forelle natürlich.«

»Was ich allerdings rasend gern mal probieren würde, wäre Ostseeschnäpel.«

»Haha«, sagte Albert.

»Wie war das nochmal? Du hast gestern keinen Ostseeschnäpel für mich gefangen, was?«

Albert stöhnte und hielt sich einen Finger in den Rachen, als wolle er kotzen.

»Du hattest es versprochen«, rief Waldo weinerlich.

»Beim Angeln geht es gar nicht darum, Fische zu fangen.«

»Ach so? Das ist mir neu. Sondern? Worum geht es dann?«

Albert blickte in die Ferne und sagte mit sanfter Stimme: »Schließlich verschmelzen alle Dinge zu einem und aus der Mitte entspringt ein Fluss. Der Fluss entstand durch die große Weltenflut und er fließt über Felsen aus dem Urgrund der Zeit. Auf manchen Felsen sind zeitlose Regentropfen. Unter den Felsen sind Worte und manche Worte sind bei den Felsen.« Albert sah Waldo an und sagte: »Absatz!« Dann blickte er wieder in die Ferne: »Ich werde von Wassern verfolgt.«

Waldo war beeindruckt. »Norman Maclean?«

»Jawohl. *Aus der Mitte entspringt ein Fluss.* Der Schluss.«

»Und darum geht es beim Angeln?«

Albert schwieg.

»Na, ich sehe schon, ich muss mal mitkommen, wenn du angeln gehst.«

»Hab ich dir ja wohl schon oft genug angeboten. Aber du wolltest ja nie. Kannst nachher mitkommen.«

»Ich muss aber vorher nochmal zu Landgraf.«

»Landgraf?«

»Mann, der Schwiegersohn von Hans.«

»Ach so.«

»Komm doch mit.«

»Och.«

»Du hast schließlich rumgetönt, dass ›wir‹ den Fall in null Komma nix gelöst haben werden. Und jetzt lässt du mich alles allein machen.«

Albert hob beschwichtigend die Arme. »Ist ja gut, ich komm mit. Ohne mich wird das ja wahrscheinlich eh nichts.«

Während der Fahrt vom Zeltplatz zur Landstraße briefte Waldo Albert, indem er seine gestrigen Gespräche mit Mährleins Tochter und dem Sohn referierte.

Sie waren gerade von dem holprigen Betonplattenweg abgebogen, als plötzlich von hinten ein gelber Kleinwagen heranschoss.

Waldo blickte erschrocken in den Rückspiegel, Albert drehte sich um. »Was sind denn das für Knallköppe?«

Der Wagen war nun direkt hinter ihnen.

»Mann, ich seh ja deren Nummernschild gar nicht mehr«, regte Waldo sich auf.

»Tipp mal auf die Bremse«, schlug Albert vor.

Waldo fuhr durch eine Linkskurve, dann ging es ein gutes Stück schnurgeradeaus. Rechts und links der Straße breitete sich der Darßwald aus. Der Verfolger scherte auf die Gegenfahrbahn aus und schob sich an Waldos Fiesta vorbei.

Von vorn näherten sich mehrere Autos. Der Fahrer an der Spitze der Kolonne blendete auf.

Waldo sog zischend die Luft ein.

»O Scheiße! Brems!«, rief Albert.

Waldo stieg in die Eisen; er und Albert ruckten nach vorn, dann rasteten die Gurte ein. Der knallgelbe Wagen neben ihnen kurvte nach rechts und verpasste Waldos Fiesta nur knapp. Er gewann schnell an Vorsprung.

Auch das führende Auto auf der Gegenfahrbahn hatte scharf bremsen müssen – offenbar zu scharf für die hinter ihm Fahrenden. Im Rückspiegel konnte Waldo beobachten, wie ein Wagen ins Schlingern geriet und gegen den Vordermann rutschte. Der Fahrer dahinter schaffte es ebenfalls nicht mehr, rechtzeitig die Geschwindigkeit zu drosseln, und knallte seinem Vordermann ins Heck.

»Ey, Hammer!«, schrie Albert. »Hast du das Nummernschild von dem Idioten? Hast du dir das Nummernschild gemerkt?«

»Nein!«

»Mann, der war ja wohl voll irre!«

»Das war der getunte Corsa, den ich bei Landgraf vor der Firma gesehen habe. Das war das Auto, das auch bei den Typen am Bunker stand! Scheiße ..., was machen wir denn jetzt? Müssen wir anhalten?« Waldo nahm den Fuß vom Gaspedal; der Wagen wurde langsamer, aber sie waren schon um eine Kurve gebogen und konnten nicht mehr sehen, was sich am Unfallort hinter ihnen tat.

In der Einfahrt einer Ferienhaussiedlung stellte Waldo den Motor ab. Sein Herz raste. »Mann, mir geht die Düse jetzt noch.«

»So schnell kann's gehen«, sagte Albert und atmete tief ein und aus.

»Was sollen wir tun? Drehen wir um und gucken, ob jemand verletzt ist?«

»Besser wär's.«

Waldo startete den Fiesta und wendete. »Das war das Auto, das vor Landgrafs Firma stand.«

»Bist du dir sicher?«

»Klar, so eine Karre wird es hier ja wohl nicht so oft geben.«

Am Unfallort hatte sich ein Stau gebildet. Waldo stellte den Wagen auf dem Seitenstreifen ab; dann stiegen er und Albert aus.

Drei Fahrzeuge waren ziemlich verbeult, aber offenbar war keiner der Insassen ernsthaft verletzt. Sie standen allesamt entweder bedröppelt oder diskutierend neben ihren Autos. Aus der Richtung, aus der Waldo und Albert gekommen waren, näherte sich ein Polizeifahrzeug mit Blaulicht.

Albert tippte Waldo auf die Schulter. »Die kommen alleine klar, lass uns zu Landgraf fahren. Die Geschichte müssen wir ihm brühwarm auf die Nase binden.«

Sie marschierten an der Sekretärin vorbei. Landgraf reagierte erstaunlich gelassen, als Waldo und Albert sein Büro betraten.

»Herr Waldo, na, das ist ja eine Freude«, sagte er mit unverhohlener Ironie. »Die Polizei war auch schon da.« Er stutzte. »Was haben Sie denn da?«, fragte er und zeigte auf Waldos Stirn.

Waldo verzog das Gesicht. »Einen Mückenstich«, antwortete er leiernd.

»Sieht ja gefährlich aus.« Landgraf blickte kurz zu Albert. »Und wer ist Ihre charmante Begleitung?«

Waldo ließ sich in einen Stuhl plumpsen, der vor Landgrafs Schreibtisch stand. »Die Polizei war auch schon da?«

»Na klar, inzwischen scheint alle Welt zu glauben, ich hätte meinen Schwiegervater umgebracht. Wo es jetzt auch noch eine Zeugin gibt.«

»Und? Was haben Sie denen gesagt?«

»Die Wahrheit!« Landgraf strahlte. »Dass ich an besagtem

Vormittag mit meinem Partner, Herrn Kurt Kopsch, zusammen war.«

»Mit Kopsch?«, fragte Waldo überrascht.

»Mit Kopsch.«

»Ich denke, Sie waren bei Ihrer Schwiegermutter.«

»War ich ja auch. Aber wenn sich die gute Frau so stur stellt und davon nichts mehr wissen will, muss ich mir eben was anderes ausdenken. Kopsch wird unser Zusammensein gern bestätigen – wenn's sein muss, sogar vor Gericht.«

Albert sah verständnislos von Landgraf zu Waldo und wieder zurück.

»Tja«, sagte Landgraf und klatschte in die Hände. »Jetzt bin ich in Ihren Augen erst recht verdächtig, nicht wahr. Dumm bloß, dass Ihnen das nichts nützt.« Er drückte einen Knopf auf seiner Telefonanlage. Eine männliche Stimme meldete sich. »Kurt, hier sind nochmal zwei Herren, die gerne wissen würden, wo ich am Freitagvormittag war.«

»Zwei Herren?«, fragte die Stimme. »Na, wir waren doch hier im Büro und sind das Finanzkonzept durchgegangen. Soll ich rüberkommen?«

»Nicht nötig«, sang Landgraf. »Danke.« Er drückte erneut einen Knopf.

Einige zähe Sekunden herrschte Stille in dem Büro, dann meldete sich Albert zu Wort: »Was glauben Sie denn, wen Hans auf der Klippe getroffen hat?«

»Ich. Weiß. Es. Nicht. Ich! Habe! Keine!! Ahnung!!!« Landgrafs Stimme wurde immer lauter. »Aber ich bin mir sicher, dass die Polizei es herausfinden wird! Ich war es jedenfalls nicht, verflucht nochmal!«

»So 'ne bekloppte Sippe hab ich ja noch nie erlebt«, murmelte Albert in Waldos Richtung.

Landgraf riss die Augen auf. »Was hat er gesagt?«

Statt zu antworten, sagte Waldo: »Herr Landgraf, als ich das erste Mal bei Ihnen war, stand so ein textmarkergelber, aufgemotzter Corsa draußen.«

»Na und?«

»Dieser textmarkergelbe, aufgemotzte Corsa hat uns eben überholt und dabei einen Unfall verursacht.«

Landgraf schwieg.

»Man sagt«, fuhr Waldo fort, »dass der Besitzer des textmarkergelben, aufgemotzten Corsa und seine Kumpel ziemliche Idioten und quasi inselbekannt sind. Manchmal sitzen sie auf den Bunkern am Strand und pöbeln Touristen an.«

»Ja, bitte, Herr Waldo. Sagen Sie mir doch bitte, worauf Sie hinauswollen.«

»Was wollten die Typen bei Ihnen?«

Landgrafs zur Schau getragene Selbstsicherheit schien zu schwinden. »Die Jungs waren nicht bei mir.«

»Sondern?«

»Bei Kopsch, ich habe keine Ahnung, worum es gegangen ist.«

»Wollen wir Herrn Kopsch mal fragen?«

»Also jetzt reicht es«, brauste Landgraf erneut auf. »Hauen Sie endlich ab!«

»Machen wir. Wir müssen nämlich noch zur Polizei, um eine Anzeige gegen den Fahrer eines textmarkergelben, aufgemotzten Corsa zu Protokoll zu geben.« Waldo erhob sich, Albert ebenfalls. Landgraf starrte Waldo an.

An der Tür drehte sich Waldo nochmal um: »Ganz schön bescheuert, solche Fahrmanöver auszuführen, wenn man mit einem textmarkergelben, aufgemotzten Corsa unterwegs ist.«

Waldo hätte nicht sagen können, ob es sich bei dem Krankenhaus um einen aufwändig sanierten Plattenbau aus DDR-Zeiten oder um einen Neubau handelte.

Erst als er mit Albert am Empfang stand, fiel ihm ein, dass er gar nicht den Namen des Patienten wusste, den sie besuchen wollten.

»Wir möchten zu einem sehr großen Mann, der hier gestern eingeliefert worden ist.«

»Sehr jroßer Mann?«, fragte der Mann hinter dem Tresen mit astreinem Berliner Dialekt und runzelte die Stirn. »Ick hätt' eher jedacht, Sie wollt'n sich selber einliefern mit Ihre Beule da.« Er deutete auf Waldos Stirn.

Waldo verdrehte die Augen und tastete nach dem Mückenstich. »Halb so schlimm.«

»Wat is 'n ditte?«

»Ein Mückenstich!«, antwortete Waldo genervt.

»Da müssen Se wat machen. Dit sieht mir aus wie 'ne allergische Reaktion.«

Waldo verlor langsam die Geduld, aber jetzt mischte sich Albert ein: »Keine Bange, der ist bei mir in bester Pflege. Was ist denn nun mit dem Patienten?«

»Wo wollt'n Se nochma' hin?«

»Zu einem sehr großen Mann, der hier mit einer Kopfverletzung liegen soll.«

»Ach ja. Jroßer Mann, wat soll ick denn damit anfang, 'n jroßer Mann.«

Waldo verzog das Gesicht. »Ich kenne leider seinen Namen nicht.«

»Un' wieso woll'n Se 'n dann besuch'n, wenn Se 'n nich' mal kennen?«

Albert drängte sich an den Tresen: »Hören Sie, der Mann ist auf dem Zeltplatz, auf dem auch wir Urlaub machen, zusammengeschlagen worden. Wir haben ihn da kennen gelernt und uns angefreundet«, log er. »Sie werden hier doch nicht so viele Patienten reinbekommen, die auf Zeltplätzen zusammengeschlagen werden, oder? Außerdem müssen die Blümchen mal langsam ins Wasser.« Er hielt den Strauß hoch, den sie mitgebracht hatten.

»Nun wer'n Se mal nich' gleich pampich, junger Freund.« Der Mann zog eine Schnute und tippte etwas in die Tastatur, die vor ihm stand. »Vasuch'n set ma' inne zweiten Etage. Mittem Aufzuch hoch und dann nach rechts. Fragen Se nach Frauenschläjer.«

»Frauenschläger?«

»So heißter. Da kann ick ja wohl nich' och noch wat für.«

»Sind Sie die Angehörigen, die ihn abholen wollen?«, fragte die Krankenschwester, an die Waldo und Albert sich gewandt hatten, nachdem sie im zweiten Stock angekommen waren.

»Nein, wir sind Freunde«, gab Waldo zurück. »Wir haben Herrn, ähm, Frauenschläger auf dem Campingplatz kennen gelernt, auf dem er zusammengeschlagen worden ist.«

»Ja, schlimme Sache«, sagte die Schwester, dann zeigte sie den Gang entlang. »Hier runter, die vierte Tür rechts.«

Statt sich sofort auf den Weg zu machen, fragte Waldo: »Wie geht es ihm denn?«

»Das Körperliche wird schon wieder. Prellungen, eine Gehirnerschütterung. Der Rest ..., na, das wissen Sie ja vermutlich selbst.«

Waldo stutzte. »Welcher Rest?«

»Na, weil er doch wohl abgehauen ist.«

»Abgehauen? Von wo denn abgehauen?«

»Aus der Klinik.«

Waldo verdrehte innerlich die Augen angesichts der Einsilbigkeit der jungen Frau. »Aus was für einer Klinik denn?«

»Herr Frauenschläger kommt aus Marburg. Er lebt da in einer Klinik für psychisch Kranke. Hat eine Weile gedauert, bis wir das herausgefunden hatten.«

»Marburg? Und wie kommt er dann hierher?«

»Gute Frage. Vielleicht beantwortet er sie Ihnen.« Damit zog sie ab.

»Wo liegt denn Marburg?«, flüsterte Albert, während sie den Gang entlanggingen.

»Irgendwo in Hessen, glaub ich. Hier ist es.«

Sie stoppten vor einer weißen Tür; auf dem Namensschild daneben stand *Hr. Frauenschläger.* Waldo klopfte und trat zögernd ein.

Der Riese blickte mit müden Augen zur Tür.

»Guten Tag, Herr Frauenschläger«, sagte Waldo. »Wie geht es Ihnen?«

Der Mann richtete sich mühsam ein Stückchen auf. »Wer sind Sie?«, fragte er mit seiner irritierenden Stimme.

»Ich bin Markus Waldo, das ist mein Freund, Albert Gluffke.«

»Tach«, sagte Albert und hielt den Blumenstrauß hoch, den er die ganze Zeit hinter dem Rücken versteckt hatte. »Bisschen was Buntes.« Er sah sich um: »Gibt's hier eine Vase?«

»Wir … ähm, wir sind auf dem Zeltplatz, auf dem Sie auch waren, erinnern Sie sich?«, fragte Waldo. »Wir haben von dem Überfall gehört und wollten mal sehen, wie es Ihnen geht.«

Frauenschläger ließ sich wieder ins Bett sinken. »Zeltplatz«, murmelte er.

»Erinnern Sie sich nicht?«

Frauenschläger guckte sie mit leeren Augen an. »Nee«, sagte er zögernd. »Doch.«

»Gibt's hier keine Vase?«, raunte Albert Waldo zu.

»Keine Ahnung«, zischte der zurück und wandte sich wieder an Frauenschläger. »Sie haben nachts immer …, Sie haben immer geschimpft. Sie sind spätnachts auf den Zeltplatz gekommen, sind um Ihr Zelt gelaufen und haben geschimpft.«

»Geschimpft?«

»Ja … also, ehrlich gesagt, Sie haben ganz schön rumgebrüllt.«

»Hier ist keine Vase«, stellte Albert fest und fing sich einen bösen Blick von Waldo ein. Albert machte eine beschwichtigende Handbewegung. »Die müssen doch ins Wasser. Ich geh mal nach 'ner Vase fragen.«

»Ich hab rumgebrüllt?«, fragte Frauenschläger, nachdem Albert das Zimmer verlassen hatte.

Waldo nickte. »Das ist wohl auch der Grund, warum man Sie zusammengeschlagen hat. Irgendjemand hatte offenbar die Nase voll.«

Frauenschläger guckte Waldo an.

»Wobei ich auf keinen Fall sagen will, dass Ihr Geschrei ein ausreichender Grund gewesen ist, Sie zu verprügeln«, fügte Waldo schnell hinzu.

Frauenschläger schwieg.

»Man sagte uns, Sie kommen aus Marburg?«, versuchte Waldo einen erneuten Gesprächsstart.

»Hm«, machte Frauenschläger nur.

»Sie können sich gar nicht daran erinnern, wie Sie von Marburg an die Ostsee gekommen sind?«

Frauenschläger schwieg eine Weile. Dann kratzte er sich an der Schläfe. »Ich bekomme Medikamente. Hab sie ein paar Tage nicht genommen.«

»Aha?«

Frauenschläger brummte. »Ich bin manchmal aufgeregt. Kann mich manchmal aufregen.«

»Ja«, sagte Waldo nur.

»Mistkerle«, sagte der Riese plötzlich mit scharfer Stimme, aber er schien sich gleich wieder unter Kontrolle zu bekommen. Er blickte Waldo an und versuchte ein Lächeln. »Der arme Mann.«

»Welcher arme Mann?«

»Ich weiß nicht. Mein Bruder kommt bestimmt bald.«

Die Tür flog auf und Albert trat ein. »Hab eine«, rief er und hielt eine einfache weiße Porzellanvase hoch, in der der Strauß bereits steckte. Er stellte das Gefäß auf das Tischchen neben Frauenschlägers Bett. »Na bitte. Sieht doch gleich ganz anders aus.«

»Ist da auch Wasser drin?«, fragte Waldo.

»Nee, Kaffee«, anwortete Albert.

»Kaffee«, wiederholte Frauenschläger und lachte glucksend.

Waldo nutzte die Gelegenheit: »Welchen armen Mann

meinen Sie? Wissen Sie, was in den letzten Tagen auf dem Campingplatz passiert ist?«

Frauenschläger schien zu überlegen. Nach einigen Sekunden schüttelte er langsam den Kopf.

»Ein Mann ist im Bodden ertränkt worden und ein anderer ist bei einem Klippenabsturz gestorben«, erklärte Albert.

Frauenschläger sah ihn erschrocken an und schüttelte energisch den Kopf. »Das war ich nicht!«

Albert und Waldo blickten sich an.

»Frauenschläger, das ist ja ein Name, was?«, meinte Waldo, als sie wieder in der Sonne standen.

»Heißt aber nichts Schlimmes«, sagte Albert. Als Waldo ihn fragend anguckte, fuhr er fort: »Frauenschläger waren nichts anderes als Holzfäller, die das Holz für Nonnenklöster hackten. Und weil in den Klöstern nur Frauen lebten und weil die Holzfäller Holz geschlagen haben, nannte man sie Frauenschläger.«

»Du veräppelst mich.«

»Ist wahr!«

»Was du alles weißt.«

Sie waren noch keine hundert Meter gefahren, da bemerkte Waldo, dass an der Instrumentenanzeige das Ölkännchen gelb aufleuchtete.

Er fluchte.

»Was ist denn?«, fragte Albert.

»Kein Öl mehr.«

»Na, hier wird doch irgendwo eine Tanke sein.«

Waldo bog ziellos mal in diese, mal in jene Straße ein, dabei warf er immer wieder einen Blick auf die Instrumentenanzeige in der vagen Hoffnung, das Lämpchen würde wieder erlöschen. Schließlich entdeckten sie eine große Werbetafel, die auf eine Tankstelle hinwies.

»Jetzt weiß ich wenigstens, dass die Anzeige funktioniert«, murmelte Waldo, als er ausstieg.

Ein paar Minuten stand er unschlüssig vor den Öldosen herum; als er schließlich zahlte, erkundigte er sich sicherheitshalber bei dem Tankwart, ob das Öl auch für Benzinmotoren geeignet sei.

Wieder draußen klappte er die Motorhaube auf; er musste eine Weile zerren, um den Deckel der Öffnung abzubekommen, in die das Öl kam; anschließend kippte er den kompletten Inhalt der Flasche in die Röhre. Waldo hörte ein leises Gluckern, dann prüfte er mit dem Messstab den Ölstand und stellte befriedigt fest, dass sich die schwarze Flüssigkeit genau zwischen den beiden Sollpunkten befand. Er drückte die Haube ein Stück nach unten, dann ließ er sie los. Scheppernd traf das Blech auf den Fahrzeugrahmen, allerdings schnappte das Schloss nicht ein.

Waldo hob den Motordeckel erneut an und ließ ihn fallen – mit dem gleichen Ergebnis. Als er die Haube zum dritten Mal fallen ließ, stieg Albert aus und rief: »Was ist denn das für 'n Spaß?«

»Die Haube geht nicht zu.«

»Wie ›geht nicht zu‹?«

Waldo stöhnte: »Mann, weiß ich doch nicht. Sie geht halt nicht zu.« Wie zum Beweis hob er die Haube erneut und ließ sie los. Das Blech knallte auf den Rahmen und Waldo hob es wieder hoch. »Hier! Geht nicht zu!« Dann drehte er sich von dem Fiesta weg und rief: »Scheißkarre!«

»Lass mal gucken.« Albert trat an die Motorhaube, doch auch er war nicht erfolgreicher. Er versuchte es ein zweites und ein drittes Mal, dann stemmte er die Hände in die Hüften: »Mann, du hast vielleicht eine Rostlaube.«

»Um dich hierher zu kutschieren, reicht es aber noch, was?«, antwortete Waldo säuerlich. Er blickte in den Verkaufsraum der Tankstelle. Der Kassierer glotzte zu ihnen rüber.

»Was machen wir denn jetzt?«, fragte Waldo.

»Fahren wir halt so«, erwiderte Albert leichthin.

»Spinnst du?«

»Wieso?«

»Ich kann doch nicht mit offener Motorhaube durch die Gegend kutschieren.«

»Wieso denn nicht? Kann doch nichts passieren.«

»Wie ›kann nichts passieren‹?«

»Was soll denn passieren?«

»Na was wohl, wir fahren los und auf einmal verabschiedet sich die Motorhaube.«

»Wie denn?!«

»Na, sie fliegt weg.«

»*Wie* soll die denn wegfliegen?« Albert trat neben die Motorhaube und hob sie an. »So«, sagte er, nachdem er sie ganz aufgeklappt hatte. »Bei deinem Neandertalermodell geht die Motorhaube doch noch nach hinten zu.« Damit senkte er die Haube; auf halber Höhe ließ er sie fallen. »Pass auf, jetzt geht sie zu«, sagte er und grinste.

Das Blech schepperte hässlich, als es aufprallte. Waldo verzog das Gesicht.

»Hätte ja sein können«, sagte Albert. »Aber jetzt sag mir, was passieren soll. Wir fahren doch geradeaus!« Er stellte sich vor das Auto. »Also kommt der Wind von vorne«, er machte mit beiden Händen eine drückende Bewegung in Richtung Vorderscheibe, »und presst die Haube nach unten.«

Waldo blickte skeptisch.

»Da kann nix hochfliegen. Nie und nimmer.«

Waldo schwieg.

»Was soll passieren?«, fragte Albert.

»Und wenn doch was passiert?«, sagte Waldo.

Albert stöhnte. »Mann! Was soll denn passieren? Was?!«

»Ich weiß doch auch nicht«, blaffte Waldo. »Irgendwas halt.«

Die ersten Kilometer fuhren sie weitgehend schweigend die Landstraße entlang. Waldo lauschte ängstlich auf das Klappern der Motorhaube und rechnete jeden Moment damit, dass das Ding mit einem knirschenden Geräusch abreißen und über ihre Köpfe hinweg nach hinten segeln würde. Andererseits fand er Alberts Argumentation einleuchtend: Der Fahrtwind drückte die Haube ja tatsächlich nach unten.

Indes schien auch Albert die Sache nicht ganz geheuer zu sein – sonst hätte er wohl nicht so häufig »Siehste« oder »Klappert bloß ein bisschen« oder »Kann gar nix passieren« gemurmelt.

Irgendwann sagte er: »Was für ein merkwürdiger Urlaub«, danach gaben sich beide ihren Gedanken hin. Die Sonne stand immer noch hoch am Himmel, Waldo und Albert hatten die Seitenscheiben ganz heruntergekurbelt.

Schließlich durchbrach Waldo die Stille: »Kann es sein, dass Frauenschläger den armen Löblich im Wahn in den Bodden getaucht hat?«

»Tja«, sagte Albert. »Auf jeden Fall läuft er nicht ganz rund. Hast du hier eigentlich noch irgendwo ein paar Gummitiere versteckt?«

»Im Handschuhfach. Und was sollte das dauernde Gerede vom Mistkerl?«

»Mistkerle«, korrigierte Albert, während er das Handschuhfach aufklappte und mit zufriedener Miene eine Tüte saurer Pommes herausholte. »Er sprach von Mistkerlen.«

»Ist auf jeden Fall eine arme Suppe, der Typ.« Waldo hielt die Hand auf. »Gib mir auch ein paar.«

Albert drückte ihm drei Pommes in die Finger.

Waldo steckte sich zwei in den Mund und sagte mampfend: »Ich brauch noch einen.«

»Mann, du und dein Tick mit den geraden Zahlen. Das ist echt krankhaft, weißt du das?«

»Lass mich doch. Nun gib schon her.«

Albert zögerte eine Sekunde, dann hielt er die Tüte außerhalb von Waldos Zugriffsbereich. »Nö.«

»Blödmann.«

»Wir machen jetzt eine Blitztherapie. Du steckst dir das eine Ding in den Mund und wir gucken, ob danach die Welt untergeht.«

»Ich will aber nicht«, maulte Waldo.

»Komm, Markus. Du schaffst das. Du musst es nur wollen.«

»Ich will aber nicht«, wiederholte Waldo in genervtem Singsang.

»Dann eben nicht.« Albert schob die Tüte ins Handschuhfach zurück; Waldo legte die verbliebene Gummifritte auf die Plastikfläche vor dem Tacho.

Albert schüttelte den Kopf. »Lässt du die ja jetzt echt liegen?«

Waldo schwieg und gab sich wieder seinen Grübeleien hin. Ob die Polizei von Frauenschläger wusste? Blöde Frage, immerhin war er das Opfer einer Körperverletzung! Und außerdem hatte er zunächst nicht identifiziert werden können. Aber ob Frauenschläger auch in Gegenwart der Beamten sein merkwürdiges Zeug von sich gegeben hatte? Vielleicht sollte er, Waldo, selbst zur Kripo gehen und auf den möglichen Zusammenhang zu dem Mord hinweisen? Oder machte er sich damit lächerlich?

Albert riss ihn aus seinen Gedanken: »Mann, guck dir das an!«

Sie fuhren an einem riesigen Rapsfeld vorbei, das sich sanft abwärts neigte. Dahinter sah man die Dächer einiger Häuser und dahinter den Bodden.

»Wahnsinn«, murmelte Waldo. Er verringerte das Tempo, weil sie sich dem Ortseingangsschild von Wustrow näherten.

»Manchmal ist das hier schon hart am Rand zum Kitsch, was?«, sagte Albert, während sie die schmucken Häuser passierten.

»Stimmt. Aber schön.«

Sie erreichten das Ortsausgangsschild und Waldo gab wieder Gas.

Im nächsten Moment bremste er scharf ab.

»Was macht du denn?«, fragte Albert erschrocken und drehte sich um, um zu sehen, ob jemand hinter ihnen war. Aber die Straße war leer.

Waldo kurvte an den Straßenrand, ließ drei entgegenkommende Autos vorbei und wendete.

»Was machst du?«, fragte Albert erneut.

»Warte.« Waldo beschleunigte, fuhr ein Stück, bremste erneut ab und bog in einen Feldweg ein. »Guck mal«, sagte er.

Albert machte große Augen. »Ja, spinn ich.«

Vor Waldos Fiesta stand ein textmarkergelber, aufgemotzter Corsa. Über der Heckscheibe prangte der Schriftzug *Böhse Onkelz.*

»Sag mal, wo führt der Weg denn hin?«, fragte Waldo.

»Na, zum Strand, wohin denn sonst?«

»Und an welche Stelle vom Strand kommen wir da?«

»Keine Ahnung, was meinst du denn?« Aber im nächsten Moment sagte Albert: »Moment … Wenn hier Wustrow zu Ende ist …«

»… dann müssten dahinten die Scheißbunker sein.«

Je weiter sie den Feldweg entlanggingen, desto mulmiger wurde Waldo zumute. Er hatte dafür plädiert, die Polizei darüber zu informieren, wo der Unfallverursacher zu finden war. Albert hingegen wollte »nur schnell mal gucken«. Er hatte die These aufgestellt, dass der Fahrer nicht allein war und mit seinen Kumpanen bestimmt gerade wieder Landgrafs Kompagnon besucht hatte.

»Wir lauschen einfach mal ein bisschen«, hatte Albert gesagt, bevor er ausgestiegen und losmarschiert war.

Waldo dackelte hinter seinem Freund her. Was, wenn die Typen jetzt vor ihnen auftauchten? Waldo traute ihnen zu, dass sie sofort zuschlagen würden.

»Ist doch heller Tag«, hatte Albert gesagt. »Die werden doch nicht so bescheuert sein, hier eine Prügelei anzufangen.«

Aber Waldo war sich nicht so sicher. Es gab kaum etwas, was ihm mehr zuwider war als körperliche Gewalt.

Sie erreichten einen Streifen mit kleinen Bäumen und Sträuchern, der Weg machte einen Knick nach links, dann einen nach rechts und gab schließlich den Blick auf die Ostsee frei. Links von ihnen lagen die Bunker.

Waldo und Albert spähten durch die Büsche. Tatsächlich befanden sich zwei der Typen an derselben Stelle, von der aus sie am Sonntag Touristen angepöbelt hatten. Einer der Jungen stand, der andere saß. Der Stehende redete gestikulierend auf den Sitzenden ein und manchmal antwortete dieser etwas, aber Waldo und Albert konnten kein Wort verstehen. Zwei Spaziergänger, ein Mann und eine Frau, pausierten am Klippenrand und versuchten tapfer, das plärrende Duo hinter sich zu ignorieren.

»Sind ja nur zwei«, sagte Waldo.

»Wenn wir uns irgendwie hinten durch die Büsche schlagen, kommen wir näher ran«, flüsterte Albert, obwohl es eigentlich keinen Grund gab, so leise zu sprechen.

»Was soll denn das bringen?«, fragte Waldo.

»Nur mal horchen. Vielleicht verstehen wir was.«

Widerstrebend folgte Waldo Albert, der bereits den Rückzug angetreten hatte. Sie liefen den Weg entlang, den sie gekommen waren, aber dort, wo er nach links abknickte, gingen sie rechts am Rand der Büsche weiter. Nach zwanzig, dreißig Metern sagte Albert: »So, und jetzt rein ins Gestrüpp, dann müssten wir ungefähr hinter den Bunkern rauskommen.«

»Scheiße, die entdecken uns noch und dann sind wir dran«, jammerte Waldo.

»Quatsch, die entdecken uns nicht. Wenn du nicht niesen musst oder auf einen Zweig trittst.« Er kicherte. »Und außerdem sind die doch bestimmt schon wieder blau.« Damit bog er ein paar Äste beiseite und stapfte ins Unterholz.

Waldo blickte nach rechts und links. Niemand war zu sehen. Dann folgte er Albert. Es knackte und raschelte.

»Die müssen taub sein, wenn die uns nicht hören«, flüsterte Waldo, aber Albert antwortete nicht.

»Na ja, von vorn rauscht die Ostsee«, machte Waldo sich Mut. »Und vielleicht steht der Wind ja günstig.«

Er schloss zu Albert auf, der stehen geblieben war.

Durch die Büsche konnten sie nun die Umrisse eines Bunkers erkennen.

»Pscht!«, machte Albert überflüssigerweise. Er zeigte nach links.

Waldo folgte seinem Fingerzeig. In einigen Metern Entfernung sah er einen zweiten Bunker, von wo aus Stimmen kamen. »Kannst du verstehen, was die sagen?«

»Halt doch mal die Klappe«, zischte Albert. »Wir müssen noch näher ran.«

»Ohne mich!«

Albert drehte sich zu Waldo um: »Darf ich dir mal etwas ganz im Vertrauen sagen?«, flüsterte er. »So von Freund zu Freund?«

Waldo guckte ihn verständnislos an.

»Ich glaube, du hast dir den falschen Beruf ausgesucht.« Albert drehte sich um und schlich weiter.

Waldo folgte missmutig.

Albert hatte Recht. Mit jedem Schritt, den sie taten, waren die Stimmen deutlicher zu hören. Albert hob eine Hand und ging in die Hocke.

»... hab die Schnauze voll ...!«

Albert drehte sich zu Waldo um und blickte ihn mit einem zufriedenen Grinsen an.

» ... denn machen?«, rief eine andere Stimme.

Windböen und das Rauschen der Blätter sorgten dafür, dass nur Wortfetzen an Waldos und Alberts Ohren drangen.

»... kommt der Arsch bloß?«

»Die warten auf jemanden«, stellte Albert leise fest.

»Vermutlich auf den Dritten aus ihrer bekloppten Runde.«

Albert grinste: »Dann warten wir auch mal, was?«

Also warteten sie. Nach ein paar Minuten setzten sie sich bequemer hin – und ein paar weitere Minuten später lauschten sie nur noch sporadisch auf die Wortfetzen, die der Wind herübertrug. So weit es aus den einzelnen Satzteilen zu rekonstruieren war, redeten die beiden über getunte Autos, Frauen, die sie flachzulegen gedachten, über diverse »Flachwichser«, wieder über Autos, über Hansa Rostock und über Autos.

»Wie lang bleiben wir denn noch hier sitzen? Das ist ja wie in einer Nachmittagstalkshow«, raunte Waldo irgendwann genervt.

Dann schreckte er hoch: Lautes Geknatter war zu hören. Waldo versuchte, etwas zu erkennen, aber die Äste versperrten ihm die Sicht.

»Siehst du was?«, fragte er Albert, der sich vorsichtig aufrichtete.

»Ein Motorrad. Und der dritte Mann.« Albert begann leise Anton Karas' berühmte Melodie aus dem Film zu pfeifen, während er weiter angestrengt durch die Büsche lugte.

Vom Bunker her war Gegröle zu hören, gefolgt von einem Stimmengewirr.

Im nächsten Moment registrierte Waldo erstaunt, dass Albert seine winzige Videokamera aus der Jackentasche zog. Er tippte ihm auf die Schulter. Albert drehte sich um und Waldo zeigte ihm den hochgestreckten Daumen.

»Ja, ja«, flüsterte Albert.

Das Gerät piepte zweimal, als Albert es einschaltete, und Waldo blickte erschrocken zum Bunker.

Weitere Wortfetzen drangen herüber: »... Kohle rüberwachsen ...«, rief eine Stimme, dann war eine dritte Stimme zu hören: »... komme ich mal mit ...«

Waldo tippte Albert auf den Rücken: »Meinst du, du bekommst mit dem Ding den Ton besser hin?«

Albert antwortete nur mit einer abwehrenden Handbewegung.

Im gleichen Augenblick hörte Waldo, wie etwas durch das Gebüsch sauste, dann schlug einen halben Meter neben ihm eine Bierflasche auf.

»Scheiße«, schimpfte er. »Ist Bierflaschenwerfen hier oben so eine Art Nationalsport, oder was?«

»Pscht!«, machte Albert. Er drehte sich wieder um – und schrie auf. Eine zweite Flasche hatte ihn am Arm getroffen.

Waldo und Albert sahen sich erschrocken an, anschließend starrten sie in Richtung des Bunkers; Albert rieb sich den Arm.

Sie hörten unverständliches Gemurmel, dann, sehr laut: »Ey, da vögeln bestimmt welche im Gebüsch.«

»Los!«, rief die zweite Stimme.

Wie auf Kommando sprangen Waldo und Albert auf und traten den Rückzug an. Wieder rauschte etwas durchs Gebüsch und fiel mit einem dumpfen Klatschen auf den Boden.

»Scheiße, die schmeißen mit Steinen«, fluchte Waldo.

Das Gegröle hinter ihnen wurde lauter.

Waldo und Albert hasteten durch das Unterholz, ein Ast klatschte in Waldos Gesicht. Schließlich gelangten sie an den Rand des Feldes. Waldo wollte sich zum Feldweg hinwenden, da hielt ihn Albert am Arm fest. »Andere Richtung«, befahl er und rannte los.

Waldo sprintete hinterher.

Von den Typen war nun nichts mehr zu hören und Waldo hoffte schon, sie hätten von ihrem Plan abgelassen, das vermeintliche Liebespaar aufzuschrecken. Aber dann schallte ein Ruf über den Acker: »Ey! Vögeln im Naturschutzgebiet verboten!«

Waldo und Albert liefen noch fünfzig, hundert Meter, dann stoppte Albert abrupt, schlug sich in ein paar dichte Büsche und ging in Deckung. Waldo tat es ihm nach.

Auf dem Boden hockend, spähten sie den Rand des Wäldchens entlang.

Nach ein paar Sekunden trat einer der Jungen aus den Büschen und glotzte nach rechts und links; wenig später folgte ein zweiter. Sie redeten aufeinander ein, aber es war nicht zu verstehen, was sie sagten. Schließlich schubste der zweite den ersten, sodass der stolperte und hinfiel. Gelächter war zu hören. Inzwischen war auch der dritte angekommen. Er setzte seine Bierflasche an den Kopf, trank sie aus und warf die Flasche in hohem Bogen ins Gebüsch. »Achtung!«, rief er gedehnt.

Das Trio lachte, dann verschwand einer der Typen wieder hinter den Büschen. Ein paar Augenblicke später schoss er auf seinem Motorrad heran und bremste vor seinen Kumpanen scharf ab. Er ließ das Hinterrad durchdrehen, sodass Staub und Steine hochschleuderten. Der Fahrer sagte ein paar unverständliche Worte zu den beiden anderen, gab Gas und knatterte davon. Die Übriggebliebenen blickten sich nochmal kurz um, dann schlenderten sie den Feldweg Richtung Straße entlang.

Waldo spürte, wie seine Knie zitterten.

Er sah Albert an. Der zog die rechte Augenbraue hoch, lächelte und sagte: »Puh, da wäre uns unser kleines Schäferstündchen fast zum Verhängnis geworden, was, Schatz?« Er betrachtete seine Kamera. Schließlich drückte er einen Knopf, um die Aufnahme zu beenden.

Als sie den Fiesta erreichten, war der gelbe Corsa verschwunden.

Bevor Waldo seinen Wagen aufschloss, hob er nochmal die Motorhaube an und ließ sie herabfallen. Es schepperte.

»Mist«, fluchte Waldo und drückte mit beiden Händen fest auf das Blech. Mit einem Klicken rastete die Arretierung in die Halterung ein.

Waldo starrte Albert an. »Ich fass es nicht.«

Beide mussten lachen.

Während Albert den Film zurückspulte, begutachtete Waldo kopfschüttelnd sein Gesicht im Rückspiegel. Die

Haut um den Mückenstich färbte sich immer noch fast bis zum Haaransatz hinauf rot. Außerdem erinnerte ein kleiner Striemen auf seiner Backe an den Zweig, der ihm ins Gesicht geklatscht war.

»Achtung, aufpassen jetzt.« Albert hielt das Display so, dass auch Waldo etwas erkennen konnte. Allerdings sah man nur Zweige und Blätter. Zu hören war nicht viel mehr.

»Mist, man versteht nichts. Mach doch mal lauter«, sagte Waldo.

Albert drückte auf dem Display herum und stellte den Ton auf die größtmögliche Lautstärke.

»Ey, das ist ein alter Wichser, der verarscht uns«, krähte es gedämpft aus dem Lautsprecher.

»Was sollen wir denn jetzt machen?«, sagte eine zweite Stimme.

»Den Arsch, den mach ich fertig, wenn …«, die nächsten Sätze waren nicht zu verstehen. Dann weitere Satzfetzen: »… gehst dann hin und sagst, er hat noch zwei Tage, dann soll er die Kohle rüberwachsen lassen …«, und: »… hätte er eine genauere Beschreibung liefern …«

Waldo und Albert hockten Kopf an Kopf vor der Kamera; Albert kniff vor Konzentration die Augen zusammen; Waldo hatte sie ganz geschlossen.

»Beschreibung?«, flüsterte Waldo. »Was faseln die denn da?«

Sie erschraken, als aus dem Lautsprecher ein lauter Schmerzensschrei dröhnte; nach einer Pause hörte man wieder einen der Typen: »Ey, da vögeln bestimmt welche im Gebüsch.«

Auf dem Display sah man nun nur noch völlig verwackelte Bilder: den Boden, Blätter, Äste, dazu laute Geräusche, Schritte, Rascheln, Knacken, Atmen. Albert regelte die Lautstärke herab.

»Coole Bildführung«, sagte Waldo. »Bisschen hektisch vielleicht.«

»Das ist Dogma, Junge«, meinte Albert grinsend. »Da hast du keine Ahnung von.«

»Komm. Spul nochmal zurück.«

Albert spulte und drehte die Lautstärke wieder hoch. Sie lauschten ein zweites Mal, auf einmal rief Waldo aufgeregt: »Zurück! Zurück! Mach noch lauter! Lauter!«

»Geht nicht lauter.«

»Dann gib mal her.«

Albert reichte ihm die Kamera, Waldo ließ den Film wieder ein Stück zurückfahren und hielt sich den kleinen Lautsprecher der Kamera dicht ans Ohr. Er lauschte und wiederholte die Prozedur. Dann spulte er erneut zurück und hielt Albert die Kamera hin. »Hör mal hin, die sagen einen Namen. Was für einen Namen verstehst du?«

Albert lauschte mit konzentriertem Blick, dann sah er Waldo fragend an.

»Na?«, fragte Waldo.

»Kopsch«, sagte Albert. »Ich hab Kopsch gehört.«

Ein Lächeln breitete sich auf Waldos Gesicht aus.

Mittwoch

Am nächsten Morgen krochen Waldo und Albert gegen neun aus ihrem Zelt. Albert stupste Waldo in die Rippen und machte eine Kopfbewegung: »Guck mal.«

Ein etwa vierzigjähriger Mann war damit beschäftigt, das rote Zelt des Riesen abzubauen. Er zog gerade den letzten Hering aus dem Boden, als Waldo und Albert neben ihn traten.

»Guten Morgen«, sagte Waldo.

Der Mann blickte hoch und erwiderte den Gruß.

»Warum bauen Sie das Zelt ab?«, fragte Albert.

»Warum sollte ich es nicht abbauen?«, gab der Mann mit unüberhörbar hessischem Akzent zurück.

»Weil der Mann, dem es gehört, im Krankenhaus liegt«, sagte Albert streng.

»Der Mann, dem es gehört, ist mein Bruder.«

Waldo grinste Albert an. »Wie geht es Ihrem Bruder?«

»Wie es einem so geht, wenn man mit einem Baseballschläger verprügelt worden ist.«

»Wir haben ihn gestern im Krankenhaus besucht.«

»Ach, Sie waren das ...« Auf dem Gesicht des Mannes breitete sich ein Lächeln aus. Er erhob sich. »Schönen Dank für die Blumen.«

»Ihr Bruder wirkte gestern etwas verwirrt.«

Der Mann schlug den Hering ein paarmal in seine Handfläche und warf ihn dann auf einen Haufen, wo die übrigen Heringe lagen. »Mein Bruder *ist* verwirrt.«

Sie schwiegen eine paar Sekunden, dann fuhr der Mann fort: »Mein Bruder ist ..., mein Bruder leidet an Schizophrenie. Manchmal. Er ist eigentlich ganz gut eingestellt. Er lebt in einer Art Wohngemeinschaft. Mal geht es ihm gut, mal geht es ihm nicht so gut. Wenn es ihm nicht so gut geht, macht er seltsame Dinge. Zum Beispiel packt er ein paar Sachen, setzt sich in den Zug, fährt irgendwohin und baut sein Zelt auf.« Der Mann lächelte müde.

»Er hat nachts immer rumgebrüllt.«

»Ja, das passt«, seufzte der Mann. »Drum liegt er ja jetzt im Krankenhaus.«

»Ich wollte damit nicht sagen …«, begann Waldo, aber der Mann unterbrach ihn.

»Schon klar, schon klar. Die Polizei war bei ihm und hat Fingerabdrücke genommen. Es hat hier ja wohl einen Mord gegeben, erzählte man mir. Aber glauben Sie mir: Mein Bruder ist zwar ziemlich krank, aber er hat in seinem Leben noch niemandem ein Haar gekrümmt.«

»Die Polizei war bei ihm?«, hakte Waldo nach.

Der Mann nickte. »Die haben sich offenbar gedacht: Wer nachts ›Mord‹ brüllt, der ist bestimmt in der Lage, einen anderen umzubringen. Für mich ist die Frage interessanter, wer versucht hat, meinen Bruder zu erschlagen. Leider wird mein Bruder die Täter nie identifizieren können. Die Arschlöcher, die das getan haben, müssen das also mit sich selbst ausmachen.«

Waldo nickte. »Ich fürchte, sie werden damit keine Schwierigkeiten haben. Die Arschlöcher, meine ich.«

Erneut entstand eine Pause. Dann sagte Waldo: »Warum ruft Ihr Bruder ständig ›Mord‹? Und warum beschimpft er dabei irgendwelche imaginären Menschen?«

»Mord, ja … Für meinen Bruder steckt die Welt voller Mörder. Und Verschwörungen. Er hat schon viele Verschwörungen aufgedeckt. Vor allem wenn es ihm schlecht geht, deckt er Verschwörungen auf.«

»Sieht er so richtig andere Menschen? Wie der Professor in *Beautiful Mind?*«, fragte Albert.

Der Mann nickte. »So ungefähr.«

»Sie nehmen ihn wieder mit nach Hause?«, fragte Waldo.

»Ja, und wir müssen froh sein, dass ihm nichts Schlimmeres passiert ist ... Aber sagen Sie mal, wer hat Sie denn da gestochen?«

Waldos Hand fuhr an die Stirn.

»Sie hätten ihn gestern mal sehen sollen«, sagte Albert. »Er fummelt aber auch immer dran rum.«

Waldo betastete den Mückenstich, der sich nicht sonderlich anders anfühlte als gestern.

»Hör auf rumzufummeln!«, herrschte Albert ihn an.

Erschrocken nahm Waldo seine Hand von der Beule.

Albert grinste den Bruder des Riesen an.

»Lass uns mal zusammenfassen«, begann Waldo, als sie später vor dem Zelt hockten und frühstückten.

»Gerne, Holmes. Legen Sie los.«

»Was haben wir? Wir haben einen alten Mann, der ziemlich brutal umgebracht worden ist. Wir haben einen zweiten alten Mann, der dem ersten alten Mann ähnlich sah ..., ähnlich gesehen haben *soll* und der unter einer Klippe begraben worden ist. Wir haben den Liebhaber dieses Mannes, der wissen will, was sein Freund auf der Klippe gemacht hat.«

Albert blickte mampfend auf. »Stimmt.«

»Wir haben eine Frau, die gesehen haben will, dass der zweite alte Mann quasi erschlagen worden ist, kurz bevor die Klippe abrutschte.«

»Spielt es eigentlich eine Rolle, ob er den Sturz überlebt hätte, wenn ihn vorher niemand geschlagen hätte?«

»Was meinst du?«

»Wenn er durch den Klippenabsturz gestorben wäre, wäre das Ergebnis doch dasselbe.«

»Häh?« Waldo runzelte die Stirn.

»Nicht?«

»Das heißt, man soll den Mörder – wenn es ihn gibt – laufen lassen, weil sein Opfer wenig später ohnehin gestorben wäre?«

»Schon gut.« Albert schob sich den Rest seines Brötchens in den Mund.

Waldo schüttelte den Kopf. »Okay, dann haben wir Hans' Familie. Seine Frau ist gar nicht gut auf ihren Mann zu sprechen. Hatte sie ein Motiv?«

»Allerdings. Eifersucht.«

»Sein Sohn ist auf seine Eltern nicht gut zu sprechen. Motiv?«

»Möglich. Hass zum Beispiel. Genaueres wissen wir aber nicht.«

»Die Tochter?«

Sie blickten sich an, dann schüttelten sie gleichzeitig den Kopf.

»Der Schwiegersohn ist nicht gut auf Hans Mährlein zu sprechen. Motiv?«

»Und ob. Er braucht offenbar Kohle für seine bescheuerte Luxussiedlung. Und Hans wollte ihm nicht helfen.«

Waldo kratzte sich ausgiebig an dem Mückenstich, bis Albert ihn unterbrach: »Fummel nicht!«

»Ja, ja!«

»Der Kompagnon des Schwiegersohns«, sagte Albert.

»Steht in irgendeiner Verbindung zu den größten Idioten, die hier leben. Drum stand ihre textmarkergelbe Potenzkarre vor der Firma, als ich Landgraf zum ersten Mal besucht habe. Und jetzt fühlen sich die Nazis von ihm verarscht. Warum?«

Albert zuckte mit den Schultern. »Müssen wir Kopsch mal fragen.«

Sie schwiegen erneut eine Weile, dann sagte Waldo: »Fragen wir ihn. Und danach fahren wir zur Polizei.«

Die Sekretärin versuchte tapfer, so zu tun, als höre sie das Geschrei nicht. Sie lächelte Waldo und Albert gequält an.

»Ist Herr Kopsch da?«, fragte Waldo überflüssigerweise.

»Ähm, ja, aber er ist in einer Besprechung.«

Waldo und Albert blickten zu der Tür, hinter der die Stimmen zu hören waren. Zu verstehen war zwar kein Wort, aber es gab keinen Zweifel, dass hinter dem Eichenfurnier eine Meinungsverschiedenheit ausgetragen wurde.

Albert wandte sich wieder an die Sekretärin: »Besprechung? Klingt eher nach einer Beschreiung.«

Waldo nickte in Richtung des Raums. »Landgraf und Kopsch?«

Die Sekretärin erhob sich. »Sie können da jetzt wirklich nicht rein …«

Aber Waldo und Albert waren schon an der Tür. Waldo drückte die Klinke.

»… BADEST DU GANZ ALLEIN AUS!«, dröhnte es, als Waldo die Tür öffnete.

Ralf Landgraf und Kurt Kopsch schauten auf. Kopsch saß – scheinbar gelassen – im Bürosessel hinter seinem Schreibtisch, während Landgraf Runden durchs Zimmer drehte.

In Landgrafs Gesicht stand das nackte Entsetzen. »Der bringt uns alle ins Gefängnis«, rief er Waldo zu, als er ihn erkannte.

Nun sprang Kopsch doch voller Wut auf. »JETZT HALT DIE SCHNAUZE!«

»ICH SOLL DIE SCHNAUZE HALTEN?! DIE POLIZEI WAR GERADE HIER UND HAT UNS VERDÄCHTIGT, EINEN MORD IN AUFTRAG GEGEBEN ZU HABEN!«

Waldo und Albert nahmen Kopsch ins Visier. Dessen Miene versteinerte. »Würden Sie bitte das Büro wieder verlassen.«

»Nö«, sagte Albert.

»Wir würden gerne wissen, in welcher Verbindung Sie zu dem Fahrer eines textmarkergelben, aufgemotzten Opel Corsa stehen«, ergänzte Waldo.

Landgraf starrte erst Waldo entgeistert an, dann Kopsch. Auch Kopsch glotzte, aber er fand als Erster die Sprache wieder. »Ich weiß nicht, wovon Sie reden.«

»Von drei Typen, die ziemlich angetrunken auf einem Weltkriegsbunker stehen und durch die Gegend brüllen, ein gewisser Kopsch habe sie verarscht.«

»ALSO DOCH!«, schrie Landgraf und wandte sich Kopsch zu.

»HALT ENDLICH DIE KLAPPE!«, brüllte Kopsch zurück, aber Landgraf trat auf Waldo zu.

»Ich ... ich hab nichts damit zu tun«, stammelte er hektisch. »Das ist alles auf seinem Mist gewachsen.« Er zeigte mit dem Daumen über die Schulter in Richtung Kopsch. »*Er* hat die Jungs engagiert! *Er* hat sie engagiert, um meinem Schwiegervater ein bisschen Angst einzujagen!« Er drehte sich zu Kopsch um. »STIMMT'S, SO HAST DU DICH DOCH AUSGEDRÜCKT? ›EIN BISSCHEN ANGST EINJAGEN!‹« Seine Stimme überschlug sich nun. »ABER DIE TYPEN WAREN ZU DOOF, UM SICH DEN RICHTIGEN ZU SCHNAPPEN! UND SIE HABEN DEM FALSCHEN AUCH NICHT BLOSS EIN BISSCHEN ANGST EINGEJAGT, SONDERN SIE HABEN IHN UMGEBRACHT!«

Verschiedene Bilder zuckten durch Waldos Kopf. Es war nicht zu übersehen, dass Kopschs Fassade bröckelte; sein Kiefer mahlte, seine Gesichtsfarbe wechselte in ein beständig tiefer werdendes Rot.

Dann brach es aus ihm heraus: »Tu doch nicht so unschuldig! Wer stand denn immer wieder heulend vor mir?« Kopsch stöhnte theatralisch auf und fuhr mit gespielt weinerlicher Stimme fort: »Hach, mein Schwiegervater will mich nicht unterstützen. Oh, unser ganzes Projekt geht den Bach runter. Mach was, Kurt, du musst was machen, sonst sind wir in ein paar Wochen pleite. Irgendjemand muss den alten Sturkopf doch zur Vernunft bringen.« Und wieder mit normaler Stimme: »Also hab ich was gemacht, mein Lieber. Und wenn es funktioniert hätte, wärst du der Letzte gewesen, der mit moralischen Einwänden gekommen wäre.«

»Moralische Einwände? Sie haben jemanden beauftragt, jemand anderen zu ermorden«, stellte Waldo fest.

»Ich habe niemanden beauftragt, jemanden zu ermorden.« Kopsch schien sich wieder in den Griff zu bekommen. »Das muss mir erst mal jemand beweisen. Jeder Schuldeneintreiber geht heute mit weniger zimperlichen Methoden zur Sache.«

»EIN MANN IST GESTORBEN!«, brüllte Landgraf.

»DAS IST NICHT MEINE SCHULD!«, brüllte Kopsch zurück.

»UND DANACH HAST DU DIE TYPEN NOCHMAL AUF MEINEN SCHWIEGERVATER ANGESETZT!«

»RED DOCH KEINEN SCHEISS!«

Waldo war fassungslos.

»Ich will dir mal was sagen«, begann Kopsch und stach mit seinem rechten Zeigefinger ein paarmal in Richtung Landgraf. »Wenn du ein solches Ding hochziehen willst, dann musst du auch eine gewisse Konsequenz in der Ausführung an den Tag legen. Aber das habt ihr hier im Osten ja bis heute nicht kapiert.«

»Und wie soll es jetzt deiner Meinung nach weitergehen? Glaubst du wirklich, die Polizei wird das auch so sehen? Dass du halt eine gewisse Konsequenz in der Ausführung an den Tag legen musstest?«

»MANN, DU BIST SO EIN IDIOT!« Kopsch schrie jetzt wieder. »Wenn wir beide uns einig sind, wird überhaupt nichts passieren! Ich bin mir sehr sicher, dass sie zwei angesehenen Geschäftsmännern mehr Glauben schenken werden als ein paar Kindern, die nicht mal bis drei zählen können! Was für einen Beweis hat die Polizei denn?«

»Wir haben den Streit der drei Kinder mit der Videokamera aufgenommen«, sagte Albert seelenruhig. Er stand lässig an ein Sideboard gelehnt.

Waldo verspürte in diesem Moment eine große Zuneigung zu seinem Freund.

Kopsch starrte Albert an. »Was?«

»Wir haben das Geplärre mit der Videokamera aufgenommen«, wiederholte Albert. »Die drei Kinder sind sehr böse auf Sie. Sie finden, dass Sie sie …« Er blickte Waldo an. »Wie haben sie sich ausgedrückt? Dass Kopsch sie verarscht habe?«

Waldo nickte.

»Verarscht, genau«, sagte Albert. »Sie hätten den Auftrag auf dem Campingplatz ausgeführt, aber ein gewisser Kopsch weigere sich zu bezahlen. Die Kinder denken darüber nach, Sie mal zu besuchen.«

Na ja, eine kleine Übertreibung ist in dieser Situation legitim, dachte Waldo.

Kopsch öffnete den Mund. Landgraf stand schon seit geraumer Zeit mit herabhängendem Kiefer da und starrte abwechselnd Albert und Waldo an.

»Guter Bluff«, sagte Kopsch schließlich.

»Wollen wir es darauf ankommen lassen, Kurti?«, fragte Albert.

Kopsch schleuderte einen giftigen Blick zu Albert herüber, schwieg aber. Einige Sekunden herrschte vollkommene Stille in dem Raum. Waldo lauschte seinem Tinnitus.

Dann wandte sich Kopsch Landgraf zu. »Du Memme, du kleiner, mickriger Zonendödel. Altkader mit super Kontakten«, sagte er abfällig. »Landgraf, der große Netzwerker.« Er lachte kurz auf. »Ich hätte mich nie mit dir einlassen sollen!« Kopsch umkurvte den Schreibtisch, nahm sein Jackett vom Kleiderständer und verließ den Raum.

Landgraf sank in sich zusammen und blickte auf den Boden.

Waldo trat zwei Schritte auf Landgraf zu: »Um sicherzugehen, dass ich alles richtig verstanden habe: Kopsch hat die drei Nazis beauftragt, Ihrem Schwiegervater Angst einzujagen. Die Nazis haben das auf ihre spezielle Weise interpretiert und wollten Ihren Schwiegervater zusammenschlagen. Aber sie haben den Falschen erwischt. Den Herrn …«, Waldo fiel der Name nicht ein.

»Löblich«, ergänzte Albert.

Landgraf schwieg.

»Und dann wollten die Jungs ihren Fehler wieder gutmachen, haben sich Hans vorgeknöpft und sind in den Klippenabsturz geraten?«

Landgraf blieb stumm, schleppte sich zu Kopschs Stuhl und ließ sich ächzend hineinfallen.

»Und Sie wollen von all dem nichts gewusst haben?«, fragte Waldo ungläubig.

Weil Landgraf immer noch nichts sagte, fragte Waldo: »Die Polizei war heute schon bei Ihnen?«

Jetzt nickte Landgraf.

»Was wollte sie?«

Landgraf sprach mit leiser Stimme: »Sie haben heute Morgen die drei Typen festgenommen …«

Waldo und Albert zogen zeitgleich die Augenbrauen hoch und warfen sich einen Blick zu.

»Die drei haben ausgesagt, wir hätten sie angestiftet.« Er blickte Waldo an und aus seinen Augen strahlte die pure Hoffnungslosigkeit: »Aber ich wusste nichts davon«, sagte er fast schon beschwörend.

»Ihr Partner hat eben behauptet, Sie hätten immer gejammert, dass irgendjemand irgendetwas unternehmen muss.«

»Das stimmt ja auch. Aber ich wäre doch nie auf den Gedanken gekommen, meinen Schwiegervater verprügeln zu lassen.«

»Es geht nicht darum, dass irgendjemand *verprügelt* worden ist«, sagte Albert vom Sideboard aus.

Landgraf hielt sich die Hände vors Gesicht. Sein Körper fing an zu zittern; im nächsten Moment drang ein Schluchzen zwischen seinen Fingern hervor.

Waldo verspürte nicht gerade unmäßiges Mitleid mit dem Mann. »Wissen Sie, warum die Polizei die drei festgenommen hat?«

Landgraf schüttelte den Kopf.

»Dann hat sich unser nächster Tagesordnungspunkt ja fast erledigt«, meinte Albert.

»Aber nur fast«, sagte Waldo.

Landgraf nahm die Hände vom Gesicht. »Was ist?«

»Nix«, sagten Waldo und Albert wie aus einem Mund.

Sie standen auf der Seebrücke von Wustrow. Waldo starrte missmutig auf die Ostsee hinaus, während Albert damit beschäftigt war, einen neuen Köder am Angelhaken zu befestigen. Nach ihrem Besuch bei der Polizei hatte Albert darauf bestanden, erst mal, wie er sich ausgedrückt hatte, »einem Fischlein die schöne Küstenlandschaft zu zeigen«, aber offenbar interessierten sich die Fischlein wieder mal sehr wenig für die schöne Küstenlandschaft.

»Komisch, dass jeder Blödel auf eine Seebrücke latschen muss, sobald sie in Sicht kommt«, sagte Waldo.

»Hrmpf«, murmelte Albert, während er an der Leine herumfummelte.

Waldo startete einen weiteren Versuch, ein Gespräch in Gang zu bringen: »Gehst du jetzt endlich auf Ostseeschnäpel?«

Albert packte die Angel und ließ sie vor-, zurück- und wieder vorschwingen. Mit einem sirrenden Geräusch sauste der Haken davon und übers Wasser.

»Fliegt ja ganz schön weit«, sagte Waldo, aber Albert ging auch darauf nicht ein. Stattdessen meinte er: »Die einzige Original-Ostsee-Seebrücke steht in Ahlbeck; dort ist nur der Steg nach der Wende erneuert worden.«

»Aha?«

»Ja, und Seebrücken hat man früher nicht zum Spaß gebaut, du Blödel.«

»Liebe ist, wenn man sich die Welt erklärt. Sondern?«

»Für den Schiffsverkehr. Am flachen Ufer war doch sonst keine Landung möglich.«

»Hat das was zu bedeuten, wenn sich deine Angel da oben so doll biegt?«, fragte Waldo.

Albert blickte sich erschrocken um, aber die Stange ragte in einer perfekten Geraden aufs Wasser hinaus. »Affe«, zischte er und Waldo kicherte.

Albert starrte auf die Ostsee; Waldo betrachtete die flanierenden Touristen. »Ach, ich glaube, Angeln ist doch nicht das Richtige für mich«, sagte er nach ein paar Minuten.

Er verabschiedete sich – und es hatte den Anschein, als sei es Albert gar nicht so unrecht, dass sein Freund ihn allein ließ.

Waldo schlenderte über die Holzbretter in Richtung Land zurück. Er studierte die Schrift auf den Schildern, die am Beginn der Brücke angebracht waren: *Betreten der Seebrücke bei Sturm auf eigene Gefahr,* stand auf dem ersten, auf dem nächsten klärte die Kurverwaltung die »lieben Gäste« darüber auf, dass die Seebrücke aus dem Naturstoff Holz bestehe und ständig der Witterung ausgesetzt sei – *um eine Verletzungsgefahr auszuschließen,* solle man auf seine Kinder achten. Ein drittes Schild wies darauf hin, dass das Angeln von der Seebrücke generell nur am Brückenkopf in der Zeit von zweiundzwanzig Uhr abends bis sechs Uhr morgens gestattet sei; außerdem sei jegliches Verunreinigen der Brücke untersagt – *Ihre Kurverwaltung;* das Wort ›generell‹ war als einziges Wort auf dem Schild rot gedruckt. Waldo blickte auf die Uhr. Kurz nach drei am Nachmittag. Er sah suchend zurück, aber er konnte Albert unter den zahlreichen Anglern nicht ausmachen.

Ein Stück weiter stand ein viertes Schild, die *Brückennutzungsordnung,* die zehn Punkte umfasste – ein Hoch auf die deutsche Gründlichkeit. Waldo las Punkt 1: *Die ordnungsrechtliche Zuständigkeit als Hafen obliegt der Kurverwaltung des Ostseebades als zuständige Hafenbehörde, mit deren Wahrnehmung und Durchsetzung der Brückenkapitän beauftragt ist.*

»Aha. Und was soll das heißen?«, murmelte Waldo.

Punkt 3 verbot *das Abspringen von der Brücke sowie das Baden in den Hafengewässern außerhalb der für den Badebetrieb freigegebenen Fläche.*

Unter Punkt 7 hieß es: *Das Angeln von der Seebrücke ist generell verboten!* – die Wörter ›generell verboten‹ waren ein bisschen größer gedruckt. Waldo vergewisserte sich, aber Schild Nummer drei erlaubte das Angeln von zweiundzwanzig Uhr abends bis sechs Uhr morgens.

Punkt 10: *Verstöße gegen die Hafennutzungsverordnung werden gemäß Paragraf 4 und Paragraf 34 der HafVO durch die Hafenbehörde und die Wasserschutzpolizei geahndet.*

Seine Augen flogen erneut über den Satz, dann ein drittes, viertes, fünftes und sechstes Mal. Beim siebten Mal las Waldo den Satz halblaut mit, beim achten Mal las er ihn sehr langsam, dann blieb er beim Wort *Hafennutzungsverordnung* hängen. Er fixierte jedes Wortteil und prüfte mehrfach, ob zwischen *Hafen* und *nutzungsverordnung* auch zweimal der Buchstabe n stand; endlich riss er sich von den Buchstaben los, nur um bei der Abkürzung HafVO kleben zu bleiben.

»Hahfo«, sagte Waldo und wiederholte die Abkürzung, wobei er das a und das f immer mehr in die Länge zog. »Haahffffoo«, murmelte er schließlich immer wieder. Je öfter er die Silben wiederholte, umso mehr klang es wie eine Art Mantra und seine Augen tasteten unentwegt über dieselben fünf dämlichen Buchstaben. Irgendwann merkte er, dass ein kleiner Junge mit einem Eis in der Hand neben ihm stand und mit offenem Mund zu ihm hochguckte.

Peinlich berührt grinste Waldo den Jungen an. »Hafo«, sagte er sinnlos. »Das ist die Abkürzung für Hafennutzungsverordnung.«

Der Junge hielt sein Eis hoch. »Ich hab mir ein Eis gekauft. Mein Papa hat mir Geld gegeben und den Rest darf ich behalten.«

»Toll«, sagte Waldo.

»Pupsgesicht«, sagte der Junge, quiekte, drehte sich um und rannte die Treppen hinab an den Strand.

Waldo sah ihm nach, dann wandte er sich wieder dem Schild zu. Seine Augen suchten erneut die Abkürzung und nur mit aller Gewalt gelang es Waldo, den Blick von dem Schild zu wenden und ein paar Schritte Abstand zu gewinnen. Eine Weile stand er am Anfang der Seebrücke und starrte einen dicklichen Mann an, der im Geschirr eines Bungeetrampolins steckte und unbeholfen auf und ab segelte.

Waldo sah zu dem Schild zurück und war versucht, erneut näher zu treten. Er musste sich auf andere Gedanken bringen und rief sich den Besuch bei der Polizei in Erinnerung.

Es hatte etwas gedauert, bis Waldo und Albert die zuständigen Beamten gefunden hatten – sie hatten dafür einen Ausflug zur Polizeidirektion nach Stralsund in Kauf nehmen müssen. Zwei Kripomänner hatten sich das Video angeschaut und waren überraschend zuvorkommend gewesen. Die beiden hatten sich als Kommissare Sparmann und Müller vorgestellt.

»Interessantes Filmchen«, hatte Sparmann gemeint, nachdem Albert die Stopptaste gedrückt hatte. »Aber vor Gericht leider nicht zu verwerten.«

Die Beamten schienen einen Moment Alberts enttäuschtes Gesicht zu genießen, dann fuhr Klein fort: »Aber das ist auch gar nicht nötig.«

»Wieso?«, fragte Albert.

»Haben die Typen schon gestanden?«, fragte Waldo.

»Zumindest einer. Es ging ja eigentlich nur um den Unfall, den sie provoziert hatten. Aber der Idiot hat sich verplappert und daraufhin haben uns die Kollegen hinzugerufen. Mit dem Geständnis im Rücken knacken wir die anderen beiden auch bald«, sagte der zweite Beamte.

»Und was sagt der, der redet?«, wollte Waldo wissen.

Die Polizisten blickten sich an – Müller zuckte mit den Schultern, Sparmann nickte leicht mit dem Kopf. *Wollen wir mit offenen Karten spielen?*, schienen sie sich gegenseitig zu fragen. Sie beantworteten die stumme Frage mit Ja.

»Er sagt, dass er und seine Kumpane dem alten Mann einen Schrecken einjagen wollten, aber an den Falschen geraten sind. Und dass er natürlich bloß daneben gestanden hat.«

»Mit dem alten Mann meinen Sie Löblich.«

»Löblich. Genau. Der Tote vom Campingplatz.«

»Und was sagt der Kerl zu Hans Mährlein?«

»Mährlein?« Die Beamten wirkten irritiert.

»Der alte Mann, der beim Klippenabsturz ums Leben kam. Es gibt doch eine Zeugin, die gesehen haben will, wie Mährlein erschlagen worden ist.«

Müller grinste. »Sie sind ja gut informiert.«

»Nee, zu Mährlein sagt der Typ nix«, ergänzte Sparmann.

Albert zeigte auf seine Videokamera. »Aber die Nazis hatten doch von Kopsch den Auftrag bekommen, Mährlein Angst einzujagen. Drum sind sie ja jetzt so sauer. Weil sie keine Kohle von ihrem Auftraggeber bekommen.«

»Von Kopsch«, sagte Waldo.

Sparmann und Müller nickten gleichzeitig. »Kopsch. Genau«, sagte Müller.

»Wieso verhaften Sie Kopsch nicht?«, fragte Albert. »Der Mistfink hat uns gegenüber zugegeben, dass er die Typen beauftragt hat.«

»Ho, ho, ruhig, Brauner«, sagte Sparmann. »Den werden wir uns schon noch vorknöpfen.«

»Wir sind doch quasi Zeugen«, sagte Albert aufgeregt.

Waldo musste grinsen. Er wusste: Sein alter Freund würde in diesem Augenblick nichts lieber tun, als mit einem Sondereinsatzkommando Landgrafs und Kopschs Firma stürmen. Mit Hubschrauber und Blendgranaten.

»Wir werden sehen. Lassen Sie uns mal machen«, meinte Sparmann. Und sein Kollege fügte hinzu: »Mein siebter Sinn sagt mir allerdings, dass am Ende Aussage gegen Aussage stehen wird.«

»Kommt Kopsch etwa damit durch, wenn er tapfer leugnet?«, fragte Waldo erstaunt.

»Das liegt nicht mehr in unseren Händen. Das müssen Sie den Staatsanwalt fragen.«

»Wissen Sie denn, wie viel Kopsch den Schlägern geboten hat?«, fragte Waldo.

Sparmann hob die Hände abwehrend vor die Brust. »Bedaure, aber das geht jetzt wirklich zu weit.«

Waldo startete einen zweiten Versuch: »Fünfstellig?«

»Fünfstellig!«, rief Sparmann und lachte bitter. »Nein. Wirklich nicht.«

»Vierstellig?«

Der Beamte nickte.

»Hoch vierstellig oder niedrig vierstellig?«

Sparmann seufzte. »Jetzt hören Sie aber bitte auf.« Nach einer Pause erklärte er: »Niedrig vierstellig. Sehr niedrig. So niedrig, wie es vierstellig geht.«

Albert schüttelte den Kopf. »Ist ja erschütternd.«

»Sie brauchen in diesen Zeiten kein reicher Mann mehr zu sein, wenn Sie ein paar Schläger oder sogar einen Killer anheuern möchten«, sagte Müller.

Die Freunde hinterließen ihre Telefonnummern und hatten das Zimmer schon fast verlassen, da fiel Waldo noch etwas ein. »Eins noch: Weiß man eigentlich inzwischen, ob Mährlein schon tot war, bevor er mit der Klippe abgerutscht ist? Oder starb er durch den Sturz?«

»Noch so 'ne Frage«, sagte Sparmann. »Die Gerichtsmedizin will sich nicht festlegen. Unzweifelhaft hat Mährlein zahllose Verletzungen durch den Sturz erlitten, weil ja an der Stelle auch jede Menge Geröll runtergerauscht ist.« Der Beamte zuckte mit den Schultern. »Das Blöde ist außerdem: Die Zeugin hat ihre Aussage wieder zurückgezogen.«

»Was?«, riefen Waldo und Albert gleichzeitig.

»Tja. Hat es sich wohl anders überlegt. Sagt, sie sei sich nicht mehr sicher.«

Waldo überlegte. »Und jetzt?«

Der Beamte zuckte wieder mit den Schultern. »Wie gesagt, die Gerichtsmedizin kann nicht eindeutig sagen, ob Mährlein durch den Sturz ums Leben gekommen ist oder ob er möglicherweise vorher durch einen Schlag ins Jenseits befördert wurde. Fest steht: Den Sturz hätte er auf jeden Fall nicht überlebt.«

Den Sturz hätte er auf jeden Fall nicht überlebt, dachte Waldo, während er nun auf die Ostsee blickte. Wer kann das sagen? Mit hundertprozentiger Sicherheit. Und selbst wenn man es mit hundertprozentiger Sicherheit sagen kann: Was folgt daraus?

Scheiße, die Dinge sind, wie sie sind.

Die Abkürzung ›HafVO‹ schlich sich wieder in Waldos Kopf, aber bevor sie sich festsetzen konnte, fasste er einen Entschluss.

Es dämmerte bereits, als er in Prerow ankam. Dagmar Mährlein öffnete die Tür erst nach dem dritten Klingeln und Waldo hatte eigentlich damit gerechnet, dass sie sie wieder zuknallen würde.

Aber sie tat es nicht.

Sie trug ein langes schwarzes Kleid, stand schweigend im Türrahmen und betrachtete Waldo mit unbewegtem Gesicht.

Erkennt sie mich nicht?, fragte sich Waldo, doch im nächsten Moment sagte sie: »Kommen Sie rein.«

Waldo folgte ihr ins Wohnzimmer, in dem es kühler war als draußen, was daran lag, dass die Fensterläden bis auf einen Spalt geschlossen waren.

Dagmar Mährlein setzte sich in einen Sessel und wies Waldo mit einer Geste ebenfalls einen Platz zu.

»Und?« Eine Stimme wie ein Schwert.

»Wissen Sie, dass Ihr Schwiegersohn versucht hat, Ihren Mann zu erpressen?«

»Mein Schwiegersohn ist ein Schwachkopf.«

Waldo überlegte noch, ob das eine ausreichende Antwort auf seine Frage war, als sie weitersprach: »In diesem einen Punkt muss ich der Einschätzung meines Mannes zustimmen. Mein Schwiegersohn lässt sich leicht beeinflussen. Der Scheißwessi hat ihm den ganzen Quatsch eingeredet.«

Scheißwessi – na toll, dachte Waldo. Wann nimmt eigentlich die Duden-Redaktion das Wort auf? Oder hat sie es schon?

»Der Scheißwessi hatte offenbar sogar ein paar Schläger auf Ihren Mann angesetzt.« Waldo zögerte, aber er konnte sich den Nachsatz nicht verkneifen: »Drei junge Ossis.«

Dagmar Mährlein ignorierte die Bemerkung. Stattdessen sagte sie: »Aber das Trio hat sich wohl den Falschen ausgesucht.«

Sie weiß also Bescheid, dachte Waldo. Zumindest weiß sie halbwegs Bescheid. »Man hat Ihnen doch gesagt, dass sich eine Zeugin gemeldet hat, die gesehen haben will, wie jemand auf Ihren Mann eingeschlagen hat.«

Dagmar Mährlein blieb stumm.

Waldo beugte sich ein Stück vor. »Frau Mährlein, interessiert es Sie gar nicht, ob Ihr Mann ermordet worden ist?«

»Er ist tot. So oder so.«

Ja, dachte Waldo. Da hat sie Recht. Einen winzigen Moment lang dachte er, Dagmar Mährlein würde anfangen zu weinen.

»Was wollen Sie eigentlich?«, fragte sie.

»Ich will verstehen, was passiert ist. Und ich will verstehen, warum es passiert ist.«

Sie sah ihn durchdringend an. »Und was geht Sie das an?«

»Nichts. Eigentlich.« Waldo hielt ihrem Blick stand.

»Sie müssen meinen Mann ja wirklich sehr in Ihr Herz geschlossen haben in den wenigen Tagen«, sagte sie mit unüberhörbarem Zynismus.

Waldo schwieg.

»Ich weiß wirklich nicht, was ich Ihnen sagen soll. Für mich ist er bei einem Unfall ums Leben gekommen.«

»Es gibt aber noch diesen Widerspruch.«

»Welchen Widerspruch?«

»Er betrifft die Frage, wo Sie am Tag des Unfalls gewesen sind.«

»Ich war hier. Zu Hause.«

»Mit wem waren Sie hier?«

Dagmar Mährleins Kopf bewegte sich ein winziges Stückchen zur Seite.

»Ihr Schwiegersohn sagt, er sei bei Ihnen gewesen. Sie sagen, Ihr Sohn sei bei Ihnen gewesen. Ihr Sohn sagt, er sei nicht bei Ihnen gewesen.«

Sie sahen sich unverwandt in die Augen, auch wenn es Waldo einige Mühe bereitete.

»Waren Sie überhaupt zu Hause an jenem Vormittag?«

Dagmar Mährlein lachte meckernd auf. »Nein! Ich war auf der Klippe und habe meinen Mann ermordet!«

Was ist das hier für ein beschissenes Katz-und-Maus-Spiel?, dachte Waldo. »Das ist albern, Frau Mährlein«, sagte er. »Ich habe ziemlich lange drüber nachgedacht. Aber ich bin zu dem Schluss gekommen, dass Sie Ihrem Mann keinen Stein über den Kopf geschlagen haben. Wen decken Sie?«

Dagmar Mährlein schwieg.

»Es gibt nur eine Möglichkeit«, fuhr Waldo fort.

Jetzt begannen Dagmar Mährleins Kiefer zu mahlen.

»Jedenfalls fällt mir keine weitere Möglichkeit ein, wenn man in Betracht zieht, dass Ihre Tochter von einer Naivität ist, die ihresgleichen sucht.«

Ihr Gesicht war wieder wie eingefroren.

»Ihr Sohn sagt, er sei nicht bei Ihnen …«

»Lassen Sie meinen Sohn in Ruhe!«, zischte sie.

»Sie haben den Vormittag nicht mit Ihrem Sohn verbracht, sondern mit Ihrem Schwiegersohn. Landgraf hat Sie wieder mal angebettelt. Ihr Schwiegersohn ist vielleicht ein Schwachkopf, aber er ist kein Lügner – jedenfalls nicht in diesem Punkt.«

Dagmar Mährleins Gesichtsfarbe war inzwischen tiefrot geworden. Ihre Lippen begannen zu zittern. Die Tränen, die Waldo bereits vor einigen Minuten erwartet hatte, traten in ihre Augen. »Lassen Sie uns doch endlich in Ruhe«, sagte sie mit zitternder Stimme.

»Hat Ihr Sohn Ihren Mann umgebracht?«

»ICH WEISS ES NICHT!« Es war eine merkwürdige Mischung aus einem Schrei und einem Schluchzer. »Ich weiß es nicht«, stammelte sie, hemmungslos weinend. »Ich weiß es nicht. Er spricht ja nicht mit mir. Aber ich habe solche Angst, dass er es getan haben könnte.«

»So sehr hat er ihn gehasst?«

Sie vergrub das Gesicht in ihre Hände und nickte.

»Warum?«, fragte Waldo.

Sie schüttelte den Kopf. Erst langsam, dann immer heftiger. Schließlich sagte sie: »Gehen Sie. Bitte.«

Donnerstag

Waldo schnüffelte missmutig an seinem Arm, dann am Zipfel seines Hemds. Alles stinkt nach Autan, dachte er. Super, riecht wirklich super, ein Wunder, dass Douglas noch nicht pleite ist. Er betastete den Stich auf seiner Stirn – die Beule war immer noch deutlich zu spüren.

Im nächsten Moment begann sein Handy zu vibrieren. Waldo blickte auf das Display.

»Ach nee«, sagte er halblaut, dann drückte er auf den grünen Telefonhörer.

Ihre Stimme klang ausgesprochen nervös: »Guten Tag, Herr Waldo, hier ist Kerstin Landgraf, ich …, mein Mann … mein Mann ist … Hallo?«

»Ja, hallo, Frau Landgraf, ich kann Sie gut verstehen.«

»Mein Mann ist verhaftet worden! Die Polizei hat ihn festgenommen, weil er was mit dem Tod meines Vaters zu tun haben soll«, sprudelte es aus ihr heraus. »Herr Waldo, das ist absurd.« Ihre Stimme kippte weg. Ein kurzes Schluchzen war zu hören, dann: »Hallo?«

»Ja, Frau Landgraf, ich habe alles mitbekommen. Die Polizei hat Ihren Mann verhaftet.«

»Ja!«, schluchzte sie. »Das ist völlig verrückt. Ralf hat niemals …, mein Vater …, ich meine, diese Zeugin. Sie haben sich doch umgehört in der Sache, Herr Waldo, Sie müssen was tun, dass mein Mann wieder freigelassen wird.«

Sachte, dachte Waldo. Nach dem gestrigen Gespräch mit den Polizisten konnte er sich nicht vorstellen, dass die Beweislage gegen den ollen Landgraf in so kurzer Zeit so erdrückend geworden war. Die beiden Kriminaler wollen sich den guten Mann bestimmt einfach nochmal vorknöpfen. Ihm vielleicht ein bisschen Schiss einjagen. Bei seiner Frau hat es ja schon funktioniert.

»Sie haben ihn eben bei uns zu Hause abgeholt. Können Sie sich das vorstellen. Die Nachbarn …«

Waldo unterbrach sie: »Ist Ihr Mann tatsächlich verhaftet worden oder haben ihn die Polizisten nur zu einem Verhör mitgenommen?«

»Was?«

Waldo wiederholte die Frage.

»Wie meinen Sie das?«, fragte Kerstin Landgraf mit einer Mischung aus Verzweiflung und Ungeduld. »Sie haben ihn mitgenommen.«

»Beruhigen Sie sich, Frau Landgraf, ich bin sicher, das Ganze klärt sich auf. Ich werde mich um die Sache kümmern.«

»Hallo?«, fragte Waldo, weil es am anderen Ende der Leitung still blieb.

»Ja.« Es war eher ein leises Krächzen, aber Waldo interpretierte es als Ja.

»Ich lege jetzt auf, Frau Landgraf. Aber ich rufe Sie bald zurück. Oder ich komme bei Ihnen vorbei, wenn ich Neuigkeiten habe.«

Stille.

»Haben Sie mich verstanden?«

»Ja.«

»Okay. Bis später.« Waldo drückte die Taste mit dem roten Telefonhörer.

Grübelnd saß er vor dem Zelt, als ihm etwas gegen den Kopf flog. »Was hockst du denn da so trübsinnig rum«, hörte er Alberts Stimme.

Waldo knüllte das Handtuch zusammen und warf es zu seinem Freund zurück, aber er zielte schlecht. Albert sprang in die Höhe und fing das Handtuch auf.

»Kerstin Landgraf hat angerufen. Sie haben ihren Gatten festgenommen.«

Albert rubbelte mit dem Handtuch durch seine nassen Haare. »War er's also doch?«

»Glaub ich nicht. Ich denke, die Polizei will ihn nur ein bisschen erschrecken.« Er rieb sich die Stirn. »Wie sieht eigentlich mein Mückenstich aus?«

»Toll. Und er sähe bestimmt noch toller aus, wenn du noch mehr dran rumfummeln würdest.«

Waldo ließ von dem Stich an der Stirn ab und begann, sich am Knie zu kratzen.

»Und nu'?«, wollte Albert wissen.

»Tja, ich rufe die beiden Polizisten mal an. Die waren doch ganz nett. Vielleicht sagen sie mir was.«

Sie taten es wirklich – besser: einer von ihnen. Kommissar Sparmann bestätigte Waldo, dass sie nichts Richtiges gegen Landgraf in den Fingern hatten und dass Mährleins Schwiegersohn auf ihn, Sparmann, auch ziemlich glaubhaft wirke.

»Das heißt, Sie lassen ihn wieder frei?«

»Natürlich. Wir hatten ihn ja nie verhaftet. Er wird schon bald seine liebe Frau in die Arme schließen können.«

Ein Gedanke durchzuckte Waldo. Er fragte Sparmann, ob er von den Erpresserbriefen wisse.

»Was für Briefe?«

Waldo berichtete, und als er fertig war, sagte der Beamte: »Mist. Das ist ja interessant. Wieso haben Sie uns das nicht gestern schon erzählt?«

»Vergessen«, sagte Waldo zerknirscht. »Landgraf bereut die Sache inzwischen aber. Er sagt, es sei Kopschs Idee gewesen.«

»Er sagt, *alles* sei Kopschs Idee gewesen. Sieht so aus, als würde das Unrecht aus der Welt verschwinden, wenn wir diesen Kopsch festsetzen.«

»Dann machen Sie das doch.«

»Würden wir gern. Aber der Typ ist verschwunden.«

»Wie ›verschwunden‹?«

»Ich nehme an, er ist auf dem Weg ins Ausland. Aber viel nutzen wird ihm das nicht. Die Fahndung läuft.«

»Wegen des Schlägerauftrags an die kleinen Nazis.«
»Genau.«

Während Waldo im Waschhaus auf der Toilette saß, strich er die drei Nazis von der Liste der Verdächtigen. Keine Frage, die Typen waren dumm und brutal und das war vielleicht die gefährlichste Kombination, die es gab. Aber eben weil sie dumm waren, hielt Waldo es für unwahrscheinlich, dass einer oder mehrere von ihnen sich mit Hans Mährlein auf der Klippe verabredet hatten. Sie hätten ihn anrufen und quasi einen Termin ausmachen und sie hätten einen halbwegs glaubwürdigen Vorwand finden müssen, um Hans überhaupt zum Treffpunkt zu locken – das hätte ihre Fähigkeiten wohl schon weit überstiegen.

Als Waldo aus dem Waschhaus trat, stieß er fast mit Rüdiger Prinz zusammen. Sie grüßten einander und standen sich etwas verlegen gegenüber.

Schließlich sagte Rüdiger Prinz: »Ich werde bald abreisen.«

»Ach?«

»Ja, ich gehe in den Westen zurück.«

»Wieder nach Hamburg?«

»Ja.«

Waldo nickte stumm.

»Ich kann hier nicht bleiben.«

Waldo nickte erneut. »Und wann fährst du?«, fragte er schließlich.

Rüdiger Prinz zuckte mit den Achseln. »In ein paar Tagen. Mal sehen.« Er zögerte. Tränen sammelten sich in seinen Augen. »Nochmal ..., ich fahr nochmal nach ..., Abschied nehmen.«

Sie umarmten sich.

Waldo drückte sich eine Weile vor der Kate herum, bevor er die Türklinke betätigte.

Niemand war zu sehen. Waldo trat ein, passierte den

Stuhl, auf dem das Schild *Privat* stand, und lugte in einen Raum, der nach rechts abging, aber auch dort war niemand. Er ging weiter und öffnete die Tür, hinter der sich Helmut Mährleins Werkstatt befand. Auch dieser Raum war verwaist. »Na, der hat ja viel Vertrauen in seine Kundschaft«, murmelte Waldo.

Er verließ die Kate und ging um das Haus herum. Im Garten fand er Helmut Mährlein schließlich. Er lag auf einer Liege und hatte die Augen geschlossen.

»Man könnte Ihren Laden komplett ausrauben, ohne dass Sie irgendwas merken würden«, sagte Waldo.

Mährlein öffnete die Augen und verzog das Gesicht, als er Waldo erkannte. »Die Menschen hier sind ehrlich.«

Waldo blickte durch den Garten. Für einen kurzen Moment überfiel ihn so etwas wie Neid. Das Gras war seit einiger Zeit nicht mehr gemäht worden. Überall blühten Blumen, in einiger Entfernung standen knorrige Bäume, auch sie waren in voller Blüte. Vögel zwitscherten, ansonsten war nichts zu hören.

»Was wollen Sie?«, fragte Helmut Mährlein.

»Ich will ein Bild kaufen, weiß aber noch nicht welches. Darf ich mich setzen?«

Helmut Mährlein wirkte vollkommen entspannt. »Wenn's sein muss. Ein Bild wollen Sie kaufen?«

»Kaufen«, sagte Waldo gedehnt. »Oder vielleicht will ich mir auch nur eins machen.«

»Sie brauchen aber lange, um sich ein Bild zu machen. Sie waren doch schon zweimal hier.«

»Manche Bilder dauern eben etwas länger. Man findet nicht den richtigen Zugang. Man findet nicht die richtigen Farben.«

»Kenn ich. Dann muss man das Bild eine Zeit lang wegstellen. Kann manchmal Jahre dauern, bis man es wieder hervorkramt.«

»Ja, aber so lange bin ich nicht mehr hier.«

»Manchmal findet man auch nie die richtigen Farben. Dann muss man sich von dem Bild trennen, auch wenn man das Bild eigentlich sehr mag. Irgendjemand hat mal gesagt: ›Kill your darlings‹.«

»Was hatten Sie mit Ihrem Vater auf der Klippe zu bereden?«

»O Mann, Sie sind vielleicht hartnäckig.«

»Ging es um Geld?«

Helmut Mährlein lachte laut auf. Er hob seinen Oberkörper ein kleines Stück und blickte Waldo an. »Sie sind ein Idiot.« Dann ließ er sich zurück auf die Liege fallen.

Waldo ignorierte die Beleidigung und starrte in den Garten. Scheiße, dachte er, ich hab nichts. Aber ich bleib hier sitzen, Helmut. Ich bleib hier sitzen, bis ich weiß, was ihr zu bereden hattet.

Ein Mann trat durch die Terrassentür. Er blickte Waldo freundlich an. »Guten Tag.«

Waldo grüßte zurück.

Der Mann blickte Helmut Mährlein fragend an. »Das ist Herr Waldo«, erklärte Mährlein mit gelangweilter Stimme.

»Aha«, sagte der Mann.

»Er will ein Bild kaufen, weiß aber noch nicht welches.«

Waldo nickte. »Und wer sind Sie?«

»Mein Name ist Knauf.«

Waldo erinnerte sich, in der Kate Schilder mit dem Namen Andreas Knauf gesehen zu haben. »Ah, von Ihnen sind auch ein paar Sachen da drinnen ausgestellt, oder?«

Knauf nickte, dann wandte er sich an Helmut Mährlein: »Wollen wir eigentlich noch was essen?«

»Ich hab keinen Hunger«, antwortete Mährlein.

»Also ich muss jetzt bald mal was essen.«

Mährlein winkte ab. »Nee, ich nicht. Wirklich nicht.«

»Willste wieder abnehmen?«, stichelte Knauf und grinste.

»Blödmann.«

»Also, du willst wirklich nichts?«, insistierte Knauf.

»Nein. Außerdem hab ich doch Besuch. Und so wie es aussieht, lässt der sich nicht so leicht abwimmeln.«

Knauf runzelte die Stirn. »Na, dann macht's mal gut.« Damit verschwand er wieder in dem Haus.

Waldo schwieg. Er beobachtete, wie Knauf die Terrassentür schloss und den Raum durchquerte, bis er an eine Treppe kam, und in die obere Etage der Kate stieg. In Waldos Kopf entstand ein Bild. Ein Bild, das an Konturen gewann und immer klarer wurde. Er war versucht, aufzustehen und zu gehen. Warum habe ich mich da überhaupt eingemischt?, fragte er sich.

Helmut Mährlein wirkte amüsiert. »Na, jetzt rattert und klackt es aber da oben in Ihrem kleinen Hete-Hirn, was?«

»Ihr Freund.«

»Nein. Mein Mann.«

Waldo nickte.

»Und nun?«, fragte Mährlein. »Was machen Sie jetzt? Wem erzählen Sie von Ihrer tollen Entdeckung? Wen interessiert Ihre tolle Entdeckung? Was glauben Sie eigentlich, was Sie jetzt überhaupt entdeckt haben! Was glauben Sie denn, jetzt zu wissen?« Mährleins Stimme war immer lauter geworden. Er stand abrupt auf: »Los, kommen Sie mit rein.«

Mährlein stieß die Terrassentür auf, Waldo folgte ihm. Der Künstler schloss die Tür und zeigte auf ein Sofa. Er selbst ließ sich in einen Sessel fallen. »So, Sie müssen mich aber schon was fragen, wenn Sie wollen, dass ich Ihnen was erzähle.«

»Haben Sie Ihren Vater getötet, bevor die Klippe abgerutscht ist?«

»Falsche Frage!«, sagte Mährlein mit scharfer Stimme. »Die kommt später.«

»Warum haben Sie sich mit Ihrem Vater auf der Klippe getroffen?«

»Falsche Frage!«

»Seit wann wissen Sie, dass Ihr Vater schwul war?«

»Seit dem 5. April. Seit ich ihn mit seinem Prinzen im Wohnwagen habe rumknutschen gesehen.« Mährlein antwortete schnell.

»Wie kam es dazu?«

»Ich wollte ihn besuchen, ganz einfach. Ausnahmsweise. Widerwillig. Ein Zugeständnis an meine Mutter. Ich wollte vermitteln zwischen ihm und meiner Mutter. Sie war ja völlig fertig, weil er Hals über Kopf auf den Campingplatz umgesiedelt war. Und dann habe ich meinen Vater in flagranti erwischt.« Mährlein lachte bitter.

»Seit wann wusste Ihr Vater, dass Sie schwul sind?«

»Seit ich achtzehn bin.«

»Wie hat er darauf reagiert?«

»So wie jeder gute Vater darauf reagiert. Er war empört. Er hat mich zur Sau gemacht! Mich beschimpft, wollte mich gleich aus der Wohnung schmeißen.«

»Es gibt noch Menschen, die auf diese Weise reagieren?«

Mährlein prustete unwillkürlich. »Also bitte, so blauäugig können Sie doch nicht sein! Das war in den Sechzigern! In der Zone! Auf einem Dorf!« Mährlein blickte an Waldo vorbei nach oben. Waldo drehte sich um. Andreas Knauf stand am obersten Treppenabsatz.

»Alles okay?«, fragte Knauf.

»Alles okay«, sagte Mährlein.

»Doch kein Bild?«

Mährlein lächelte Knauf an und schüttelte langsam den Kopf.

»Kommst du klar?«, fragte Knauf.

Mährlein nickte. »Ja. Lass uns bitte allein.«

»Ich kann …«, begann Knauf, aber Helmut Mährlein unterbrach ihn streng: »Bitte!«

Knauf zog sich zurück.

Eine Pause entstand, schließlich fragte Waldo: »Und Ihre Mutter?«

»Sie war auch nicht begeistert. Aber sie hat wenigstens

versucht, Verständnis für mich aufzubringen.« Helmut Mährlein seufzte. »Nein, ich verkläre da wohl was. Es hat ein paar Jahre gedauert, bis sie mich nach meinem Auszug wieder besucht hat. Und ihren Freunden und Bekannten hat sie immer erzählt, der Junge lebe mit einem ach so netten Mädchen zusammen.« Er schüttelte den Kopf und fuhr spöttisch fort: »So was Naives! Ich meine, ich wohne ja nur ein paar Kilometer von meinen Eltern entfernt. Die ganze Gegend ist ja quasi ein einziges Dorf. Ich glaube, es hat ihr nie jemand geglaubt. Aber es hat ihr auch nie jemand gesagt, dass sie aufhören kann mit ihren albernen Lügen.«

»Und dann treffen Sie Ihren Vater mit einem anderen Mann. War das nicht fast sogar eine Genugtuung für Sie?«, fragte Waldo.

Mährlein rieb sich mit Daumen und Zeigefinger über die Nasenflügel. »Genugtuung«, sagte er zögernd. »Nee ..., eine Genugtuung ..., ich weiß nicht. Ich habe ihn an dem Tag ja gar nicht mehr gesprochen.«

»Wann dann?«

Mährlein zuckte mit den Schultern. »Vor zwei Wochen oder so.«

»Und wie verlief das Gespräch?«

»Wir haben uns gestritten. Allerdings über seinen Auszug. Er sagte mir nicht, was – oder besser: wer ihn auf den Campingplatz zog.«

»Und Sie gaben nicht zu, dass Sie ihn gesehen hatten?«

Mährlein verneinte. »Ich dachte: Willste doch mal gucken, ob er selbst den Mut aufbringt.«

»Hat er aber nicht.«

»Nee.«

»Das hat Sie verärgert.«

»Verärgert! Mann, Sie sind vielleicht ein Kunde. Mein Vater hat mich jahrelang verachtet, hat kein Wort mit mir gesprochen. Dabei habe ich nur gelebt, was er bei sich unterdrückte!«

»Dann sind wir jetzt bei der Frage vom Anfang.«

Helmut Mährlein blickte Waldo ein paar Sekunden starr in die Augen. »Ich habe ihn angerufen und ein Treffen ausgemacht. Wir spazierten am Strand lang, beziehungsweise oben auf der Klippe.« Er machte eine vage Handbewegung. »Mein Vater machte immer noch keinerlei Anzeichen, von der größten Kehrtwendung in seinem Leben berichten zu wollen. Irgendwann warf ich ihm an den Kopf, dass ich ihn gesehen hatte. Mit seinem Prinzlein.« Mährlein lachte, dann fuhr er in verächtlichem Ton fort: »Er stierte mich an, mit offenem Mund. Der Idiot. Hielt alle anderen wirklich für total bescheuert.«

»Und dann?«

»Dann bin ich ausgerastet. Habe ihn angebrüllt! Und er sah sich ängstlich um, ob auch keiner zuguckte, und zog mich vom Weg runter, damit uns niemand beobachten konnte.«

Mährlein verstummte. Waldo lauschte auf seinen Tinnitus.

»Na ja«, sagte Helmut Mährlein dann. »Er fing an zu heulen, bat mich um Verzeihung. Immer wieder. Und ich hab ihn gefragt, ob er denn irgendwann von sich aus zu mir gekommen wäre. Und er schwafelte dummes Zeug von wegen ...«, Mährleins sprach nun mit gespielt jammernder Stimme, »... er sei doch so verwirrt gewesen und die anderen Leute und, ach, er wisse doch gar nicht und es tue ihm ja alles so leid. Blablablabla.«

»Das nahmen Sie ihm nicht ab?«

Mährlein wirkte genervt. Er beugte sich vor und rieb sich stöhnend mit den Handballen die Augen. Dann ließ er sich wieder in den Sessel fallen. »Ich kenne diesen Mann nur als Schwulenhasser, Herr Waldo. Um Ihre Frage zu beantworten: Nein, das habe ich ihm nicht abgenommen!«

»Deshalb haben Sie zugeschlagen?«

Erneut dauerte es ein paar Sekunden, bis Helmut Mährlein antwortete: »Eine groteske Situation. Ich bin außer mir. Ich bin der pure Hass. Die reine Verachtung. Ich nehme diesen Stein und schlage ihm eins über den Schädel. Er taumelt ein paar Schritte rückwärts und ich denke noch: Komisch, dass er gar nicht hinfällt, der zähe Hund. Ich blicke auf den Stein, drehe mich um, werfe den Stein weg. Ich spüre ein Zittern im Boden, drehe mich wieder nach vorn – und mein Vater ist weg! Und ich stehe auf einmal ein paar Zentimeter vor dem Abgrund.«

»Das heißt, er war nicht tot?«

Mährlein verzog das Gesicht. »Was weiß ich? Was spielt es auch für eine Rolle?«

Ja, dachte Waldo, da ist sie wieder, die Frage: Was spielt es für eine Rolle?

»Es gibt eine Zeugin, die Sie gesehen haben will, wie Sie auf Ihren Vater eingeschlagen haben«, sagte Waldo.

»Sie dürfen jetzt gerne ganz doll erschüttert sein, aber ich habe kein schlechtes Gewissen wegen des Schlags. Null. Nichts. Keinen Schimmer. Vielleicht hätte ich den Stein sogar aufgehoben und nochmal zugeschlagen, wenn die Klippe nicht abgerutscht wäre. Ich weiß es nicht. Keine Ahnung. Aber das ist eh alles egal. Die Polizei kann so viele Zeugen präsentierten, wie sie will. Ich war an jenem Tag mit meinem Mann den gesamten Vormittag hier und habe Steuerkram erledigt. Das wird Andreas jedem erzählen, der ihn danach fragt. Aber ich glaube nicht, dass irgendjemand fragen wird.«

»Dann waren Sie also nicht bei Ihrer Mutter.«

Helmut Mährlein grinste. »Das ist zwischenzeitlich geklärt, Herr Waldo. Meine Mutter war in Sorge, dass ich meinen Vater getötet haben könnte, darum hat sie erzählt, mit mir an jenem Vormittag zusammen gewesen zu sein. Landgraf war bei ihr, aber das ist ja eigentlich auch egal, weil Landgraf, wenn ich das richtig sehe, nun den ganzen Vormittag mit seinem Kumpan zusammen war.«

»Und Sie haben Steuerkram erledigt.«

»Genau, ich habe Steuerkram erledigt.«

Waldo lauschte bereits zum zweiten Mal Helmut Mährleins Stimme. Sie war zwar leise, aber dennoch gut zu verstehen: »Eine groteske Situation. Ich nehme diesen Stein und schlage ihm eins über den Schädel. Er taumelt ein paar Schritte rückwärts und ich denke noch: Komisch, dass er gar nicht hinfällt, der zähe Hund. Ich blicke auf den Stein, drehe mich um, werfe den Stein weg. Ich spüre ein Zittern im Boden, drehe mich wieder nach vorn – und mein Vater ist weg! Und ich stehe auf einmal ein paar Zentimeter vor dem Abgrund.«

Waldo drückte auf die Stopp-Taste, klappte das Display zu und blickte eine Weile aus dem Fenster seines Fiesta.

Was spielt es für eine Rolle?

Er klappte das Display wieder auf. Die Kamera gab einen Piepton von sich, dann erschien auf dem kleinen Bildschirm das Menü. Waldo drückte das Wiedergabefeld und lauschte. Manchmal war ein lautes Störgeräusch zu hören. Waldo hatte versucht, möglichst still zu sitzen, aber ab und zu war das Mikro offenbar doch über die Innenseite seiner Jacke geschabt.

»Vielleicht hätte ich den Stein sogar aufgehoben und nochmal zugeschlagen, wenn die Klippe nicht abgerutscht wäre«, sagte Mährlein gerade. »Ich weiß es nicht. Keine Ahnung. Aber das ist eh alles egal. Die Polizei kann so viele Zeugen präsentierten, wie sie will. Ich war an jenem Tag mit meinem Mann den gesamten Vormittag hier und habe Steuerkram erledigt. Das wird Andreas jedem …«

Waldo stellte den Funktionsschalter auf Off. Das Gerät machte ein paar surrende Geräusche, dann war nur noch Vogelgezwitscher zu hören.

Nicht gerichtsverwertbar, dachte Waldo. Wieso hab ich das Ding überhaupt mitgenommen?

Vom Ende des ansteigenden Feldwegs her, auf dem Waldo mit seinem Fiesta parkte, näherten sich zwei Radfahrer. Waldo beobachtete die beiden gedankenverloren, wie sie langsam über die holprige Piste rollten.

Was spielt es für eine Rolle?

Die Radler glotzten Waldo an, während sie an ihm vorbeistrampelten.

Was spielt es für eine Rolle?

Für Dagmar Mährlein? Für Kerstin Landgraf?

Für Rüdiger Prinz.

Was sage ich Rüdiger Prinz?

Waldo klappte das Display zum dritten Mal auf und spulte das Band zum dritten Mal zurück.

Er strich mit dem Finger eine Weile über das Gehäuse der Kamera. Schließlich stellte er den Funktionsschalter auf *Aufnahme* und drückte auf die rote Aufnahmetaste, ohne den Plastikdeckel vom Objektiv zu entfernen. Das Gerät piepte und gab ein leises, gleichmäßig surrendes Geräusch von sich.

Waldo legte die Kamera auf den Beifahrersitz. Er stieg aus dem Auto und schloss die Tür. Er blickte sich um.

Dann setzte er sich auf die Motorhaube.

Am Ende der Seebrücke, ziemlich genau in der Mitte der Plattform, saß ein kleiner weißer Yorkshireterrier und blickte Richtung Land. Waldo hatte den Eindruck, als beobachte das Tier ihn die ganze Zeit, während er sich dem Ende der Seebrücke näherte.

Als er das Tier erreichte, schnipste er mit dem Finger, aber der Hund blickte nur kurz auf und fixierte dann ein neues Ziel irgendwo in der Ferne.

Albert stand in der linken Ecke der Plattform und hielt seine Angel über das Geländer.

Als Waldo neben ihn trat, fragte er: »Und? Wie ist es gelaufen.«

»Hm.«

»Und die Kamera? War was zu hören?«

»Hmhm«, brummte Waldo.

»Cooler Bericht. Nicht schlecht«, sagte Albert.

»Ach, lass mal Albert. Ich fühle mich irgendwie müde. Ich erzähl's dir morgen, ja?«

»Meinetwegen.« Albert widmete sich wieder seiner Angel.

Waldo lehnte sich an das Holzgeländer. »Wem gehört denn der Hund da?«

Albert warf einen Blick auf das Tier. »Keine Ahnung.«

»Sieht lustig aus, wie der da sitzt.«

»Hmhm. Stimmt.«

»Und?«, fragte Waldo. »Was macht der Ostseeschnäpel?«

»Will nicht aus dem Wasser.«

»Verständlich.«

»Hm.«

Sie guckten beide auf die Ostsee.

Was spielt es für eine Rolle?, dachte Waldo und blinzelte in die Sonne. Was wäre gewesen, wenn ich nicht nochmal zurückgegangen wäre?

Waldo hatte schon alle Pfähle des Zauns gezählt, als er sich entschloss umzukehren. Er war um das Haus herumgegangen, aber bevor er die Terrasse erreichte, hatte er Stimmen gehört.

Nein, als Erstes hatte er ein Schluchzen gehört.

Die Terrassentür stand offen und Waldo war leise näher getreten. Er hatte sich vorgebeugt, um die Ecke gelugt und Helmut Mährlein und Andreas Knauf gesehen, wie sie in der Mitte des Zimmers standen. Er hatte geglaubt, dass Helmut Mährlein schluchzen würde, aber es war Andreas Knauf gewesen, der geweint hatte. Helmut Mährlein hielt seinen Mann fest umarmt.

Waldo war zurückgewichen und hatte in den Garten geblickt. Und er hatte gehört, wie Andreas Knauf stammelte: »Es ist meine Schuld. Ich wollte …«

Helmut Mährlein hatte ihn mit beruhigender Stimme unterbrochen. »Schschsch …, nichts ist deine Schuld.«

Und Andreas Knauf schluchzte: »Ich habe das nicht gewollt …, er hat dich dein ganzes Leben fertig gemacht …«

Und Helmut Mährlein machte wieder »Schschsch«. Dann sagte er leise und eindringlich: »Es ist vorbei. Und es ist nicht deine Schuld. Niemand hat Schuld.«

Waldo war langsam rückwärts gegangen, bis er die Stimmen nicht mehr hatte hören können.

Er starrte immer noch aufs Wasser. Die Sonne verschwand hinter einer kleinen Wolke und augenblicklich wurde es kühler. Waldo blickte hoch, aber da war die Sonne schon wieder hinter der Wolke aufgetaucht und blendete ihn.

»Wo ist denn dein Schwimmer?«, fragte er. »Ich verstehe nicht, wie ihr Angler die Übersicht behalten könnt.«

»Da vorn.« Albert zeigte auf die Wellen.

Waldo kniff die Augen zusammen, aber er konnte nichts erkennen außer Wasser. »Ich seh nix.«

»Da, Mann! Bist du blind oder was?«

»Wahrscheinlich.«

Sie schwiegen.

»Ganz schön viele Schiffe unterwegs«, sagte Waldo.

Albert nickte.

»Hab ich dir eigentlich schon mal erzählt, dass ich mich als Kind immer gefragt habe, wie die Schiffe es schaffen, genau auf der Kante am Horizont zu fahren?«

Albert wollte gerade verneinen, aber er kam nicht dazu.

Denn in diesem Moment zog eine unsichtbare Kraft an seiner Angel.